CHRONIQUES POUR UNE FEMME

LISE VEKEMAN

Chroniques pour une femme

roman

L'instant même

Maquette de la couverture : Anne-Marie Guérineau

Illustration de la couverture : Robert S. Duncanson, *Lake St. Charles near Quebec*, 1864 (détail)
Huile sur toile, 40,8 × 71,5 cm
Collection Musée du Québec (68.289)
Photographie : Musée du Québec, Patrick Altman

Photocomposition : CompoMagny enr.

Distribution pour le Québec : Diffusion Dimedia
539, boulevard Lebeau
Saint-Laurent (Québec) H4N 1S2

Pour la France : D.E.Q.
30, rue Gay-Lussac
75005 Paris

Dépôt légal – 3ᵉ trimestre 2000

Données de catalogage avant publication (Canada)

Vekeman, Lise, 1947-

    Chroniques pour une femme

    ISBN 2-89502-138-4

    I. Titre.

PS8593.E42C47 2000   C843'.54   C00-941138-0
PS9593.E42C47 2000
PQ3919.2.V44C47 2000

L'instant même remercie le Conseil des Arts du Canada ; le gouvernement du Canada – Programme d'aide au développement de l'industrie de l'édition ; la Société de développement des entreprises culturelles du Québec ; le gouvernement du Québec – Programme de crédit d'impôt pour l'édition de livres – Gestion SODEC.

Pour lui,
pour Benoit Beaulieu.

.

Prologue

Le point de vue crée l'objet.

Ferdinand DE SAUSSURE.

Le samedi 9 octobre, en début de journée

Les lilas ne sont plus en fleurs, depuis longtemps. Et lorsqu'ils refleuriront l'an prochain, leur parfum, aussi soutenu que leur mauve, ne charmera sans doute pas Gabrielle Varin. Hier soir, on l'a trouvée sur la grève. Forme inerte, noyée aux eaux du lac.

Un soleil des débuts d'automne, doux et de couleur paille, éclaire la plage, les empreintes encore visibles de la femme. Elle, on l'a transportée à l'hôpital où elle repose entre la vie et le néant. Inconsciente. Pour l'instant, les médecins demeurent muets sur les chances de la sauver. Ils parlent seulement d'un coma profond, un cas grave.

Une agitation peu coutumière règne à l'Auberge du Lilas. Lundi on fermera jusqu'au mois de mai. Le jour de l'Action de grâces marquera la fin de la saison, en somme. Il y a plus encore : c'est ici, face à la salle à manger, qu'hier un serveur a découvert Gabrielle Varin. Et à présent, on ne parle que d'elle. Surtout le barman, un ami du serveur. Il la connaissait bien, croit-il ; il l'a servie à quelques reprises. Et puis elle habitait juste de l'autre côté du lac. Sur la falaise. D'ailleurs, lorsqu'il s'y rendait, il l'a souvent vue se promener. Seule, presque toujours. Elle l'intriguait. Il voudrait en savoir davantage.

13

Comme les policiers la nuit dernière et les gens du village ce matin.

Partout aux alentours on ne porte attention qu'à elle, la noyée. On s'interroge les uns les autres, de même que le feraient des enfants curieux. Ou effrayés par l'inconnu. La mort. Certains envisagent la possibilité d'un suicide ou, pire, d'un meurtre. Ils racontent alors les anecdotes inévitables, déjà contradictoires ; parfois, ils se risquent à dire qu'elle ne riait jamais. Tous prétendent la connaître d'une quelconque façon. Avec audace et avec une égale indiscrétion, ils lui imaginent un visage et une voix, une vie d'avant le drame. Ils préfèrent l'inventer plutôt que de rester dans l'ignorance. Mais qui est vraiment Gabrielle Varin ? Quelques personnes la connaissent, du moins savent d'elle plus que des rumeurs, peut-être...

Jérôme

Les mots sont étroits ;
la réalité s'en évade.

Andrée CHEDID.

Le samedi 9 octobre, vers 11 heures

Il marche. Dans le parc de l'hôpital Saint-Louis, Jérôme Collard marche, nerveux. Depuis dix minutes, il longe les bancs de fer forgé, se rend jusqu'au bout de l'allée, recommence. Il rencontre des gens, sans les voir. Il est ailleurs. L'image de sa femme l'obsède. Le blesse. Gabrielle, là, dans l'édifice de pierres. En plein coma, affirment les médecins. Lui, lorsqu'il l'a aperçue la nuit dernière, il voulait croire qu'elle dormait. Sa silhouette, toute petite et pleine au milieu d'un étrange décor. Le mat de sa peau sur le blanc des draps. Puis, son visage détendu, paisible, celui de ses aubes sans cauchemar. Émouvant jusqu'aux larmes. Elle semblait ne pas souffrir. Nul doute qu'elle s'était assoupie. Bientôt elle s'éveillerait. Et Jérôme a pleuré.

Voilà qu'il s'arrête tout en prenant appui contre un arbre. Malgré la tiédeur de l'air, Jérôme remonte le col de sa veste. Moment de lassitude. Il a passé la nuit debout à faire le guet aux soins intensifs. Mais à la manière dont il se tient, rigide, il paraît davantage inquiet que fatigué.

– Il faut que tu te réveilles, ma chérie. Je t'en prie, reviens pour moi, pour nous.

Voix assourdie. Cassée par la souffrance. Quelqu'un avance vers Jérôme, lentement, en s'aidant d'une canne. Une vieille dame qui lui sourit.

– Quel beau temps aujourd'hui !

Il sursaute, ne répond pas. Elle poursuit.

– C'est différent de la semaine dernière.

– Oui, oui, très beau.

– Mon mari est hospitalisé ici, il ne va pas bien. Le cœur, vous comprenez.

Il recule un peu, confus.

– Bien sûr. Il s'en sortira. Bon courage, madame.

Il s'éloigne. Des pas rapides sur le gravier. Jérôme désire être seul. Seul avec Gabrielle. Il s'agite, cherchant à dissiper son désarroi. De nouveau il arpente la rangée de bancs et, une fois rendu au dernier, celui sous l'érable qui ombrage le fer forgé, il s'assoit. Croise une jambe, la décroise. Ensuite, il enfonce une main dans la poche de son blazer, en retire un minuscule appareil qu'il considère, indifférent au reste. En bon journaliste, Jérôme Collard traîne toujours son dictaphone.

Il respire lourdement, et son teint blafard accentue les cernes sous les yeux. Plus tôt, une infirmière lui a conseillé de se reposer ; il a refusé. Elle a insisté, ajoutant qu'aucun changement ne se produisait chez la patiente. Sorti prendre l'air, il ne parvient pas pour autant à se calmer. Les événements de la nuit se bousculent dans sa tête. Il y a moins de seize heures, Jérôme travaillait dans la capitale. Après une harassante journée à l'Assemblée nationale, il venait de rentrer à son hôtel où son journal l'a joint. Son épouse avait été victime d'un accident, lui a-t-on dit, le lac... un canot renversé... Des paroles du genre ; il ne se souvient plus exactement. Il se rappelle davantage son effroi. Et le prochain avion ne décollait qu'à minuit quarante-cinq ! Il a préféré sa voiture. Un trajet qu'il connaît bien ; Jérôme le parcourt tous les samedis matin et les dimanches, en sens inverse. Près de trois cents kilomètres le séparaient de la ville de Bermont, de l'hôpital où reposait Gabrielle. Le bitume n'en finissait plus de dérouler son cordon jaune. La distance lui paraissait interminable. Effet de l'attente, de l'angoisse qui augmentait. Il pensait à sa femme, à la nuit qu'elle vivait, sans rêve. Autour de lui, le noir s'épaississait. Jérôme devenait fou. Que faire contre l'impatience ? Accélérer ! Va de soi. Quoi d'autre ? Parler à Gabrielle, comme il le fait si souvent sur l'autoroute ? Seulement, cette fois, lui parler vraiment. À l'aide du dictaphone, rendre sa présence plus vraie. Raconter n'importe quoi, mais être avec elle. L'aimer. Le lui dire, simplement.

Le vent se lève, à peine. Un froissement dans les arbres. Dans le parc, le va-et-vient s'accentue. Quelques employés sortent pour le repas de midi. Des visiteurs quittent l'hôpital ; la dame à la canne, elle, a disparu. Écrasé au fond du banc, Jérôme fait tourner la chevalière à son majeur droit. Un miroitement, et qui persiste.

– Si je m'étais trouvé à la maison, l'accident ne se serait pas produit. Accident ou... alcool ?

Il ignorait pour l'alcool. Il l'a appris ce matin. Gabrielle, elle qui boit rarement. Pourquoi avait-elle bu hier ? Pourquoi le lac ? Les mêmes pourquoi soulevés par les enquêteurs à son arrivée au chevet de Gabrielle. Les policiers se sont montrés affables, mais peu communicatifs. Ils l'ont interrogé longuement au sujet de sa femme, de ses habitudes. Des questions, jamais de réponses.

Il voudrait comprendre ; autrement, comment supporter ? Il doit comprendre. Fixe le dictaphone. Effleure chaque touche, sans hâte, sans conviction. Puis un déclic, bref. Jérôme hésitait à débobiner le ruban. Par crainte sans doute d'entendre ce qu'il avait dicté. Il ne bouge plus. Seuls ses yeux se ferment avec une lenteur désespérée, intenable. À présent une voix rauque, presque étouffée, et qui contraste avec la lumière éblouissante, sourd de l'appareil. En silence, l'homme écoute la bande.

Je... je t'aime. Tu dois vivre ; il le faut, ma chérie. Je t'aime plus que tout au monde. Dès les premiers instants, je t'ai aimée.

Il s'agit d'un cauchemar. Nous allons nous réveiller, oui, nous réveiller ensemble.

J'arrive.

Je suis là. Je dégage ton front de sa frange. Je vois ton visage en entier. Je t'embrasse, t'effleurant seulement. Mais tu te caches derrière tes paupières baissées. Tu le fais si souvent !

Gaby, Gaby, parle-moi, je t'en prie. Ou fais un signe de la tête, de la main. Si tu ne le peux pas, ouvre les yeux. Ton regard se pose sur moi, profond, d'un bleu enveloppant. Son éclat me recouvre, et j'oublie que tu... que tu dors.

J'ai franchi des kilomètres, pourtant il me semble que je recule. Jamais la route ne m'a semblé si longue. Tu n'es pas seule, mon amour. Je caresse tes cheveux lisses et sombres, si courts qu'ils me glissent des doigts ; leur soyeux m'attire. Et puis Rosalie veille sur ton sommeil ; elle me l'a promis tout à l'heure. Après mon appel, elle devait se rendre à l'hôpital. Elle s'y trouve sûrement maintenant. Tu l'aimes bien, ma sœur. Avec elle, tu parles aisément, plus qu'avec moi. Lorsque vous vous promenez sur la falaise, j'observe vos silhouettes, la tienne, droite et fière. Tu avances. Tu tournes le dos au lac. Tu te confies peut-être à Rosalie. Cela m'apaise. Tu es tellement secrète sur ton passé que, parfois, j'ai le sentiment que tu n'en as pas eu. Au début, lorsque je t'ai connue, je voulais tout savoir de toi, de ton autrefois, et je te questionnais. Tu te rebiffais en pinçant les lèvres, résolue à te taire. Avec le temps, j'ai appris à ne plus demander, croyant que tes silences ne me gêneraient pas. Mais, toujours, je te regardais, interrogateur.

C'est absurde ! Je ne peux m'y résoudre. Impossible de t'imaginer dans l'eau froide, toi si frileuse ! Tu essaies de t'agripper au canot, sans y parvenir. Ton corps se contracte, tes membres se raidissent et tu cries. Des cris arrachés à ta gorge. Personne ne t'entend. Autour de toi, il n'y a que la pénombre et tes hurlements. Puis le jour bascule. Le lac t'engloutit. Battue par l'engourdissement, tu oublies tout, ta peur aussi. Je ne t'ai pas entendue.

J'invente. L'inconnu m'est intolérable. Dis, tu dors ?

Pourquoi t'ai-je quittée encore toute la semaine ? Pourquoi ne suis-je pas revenu plus tôt ? Je me sens responsable de l'accident. Si j'avais été là, nous aurions pu l'éviter. Et puis, à ta façon de me demander ce matin au téléphone à quel moment je rentrerais, j'aurais dû comprendre que quelque chose n'allait pas. D'ordinaire, tu évites ce genre de questions. Bien sûr, tu parlais d'un rendez-vous avec une amie samedi, tu voulais donc savoir pour mon retour. Je t'ai crue. Tu es incapable de mentir. Tu ne mens pas. Tu te tais plutôt. Mais ta voix légèrement sourde, celle des mauvais jours, aurait dû m'alerter. J'ai été distrait. D'ailleurs, depuis quelque temps, j'ai noté une sorte de langueur chez toi. Je te sens chagrine, d'autres diraient dépressive. Est-ce l'approche de la quarantaine qui t'effraie ? Non, non, tu n'as aucune crainte de l'âge, ni des rides ni des inquiétudes qu'il apporte.

J'ai beau me répéter tous... tout... Je ne sais plus où j'en suis. Je sais seulement qu'aussi longtemps que je te parlerai tu ne pourras m'abandonner. J'ai peur de te perdre, Gaby. Cette pensée me rend malade. J'en tremble. Tu vois mes mains ? L'une a peine à tenir le volant ; l'autre, le dictaphone. Sans toi tout devient désordre. Et j'erre.

J'imagine difficilement ce qui s'est passé ; on m'a dit si peu tantôt. Explique-le-moi. Un malaise t'a assaillie, provoquant la chute ? C'est exact ? Tu n'aurais jamais tenté de... Quelle idée ! Je deviens fou. Alors, quel est le motif de ta sortie sur le lac ? Tu le crains. À l'inverse de moi, tu le redoutes,

23

*mais il te fascine. Autrement comment comprendre que tu aies,
il y a une dizaine d'années, acheté la maison sur la falaise ?
Sans doute un rêve d'enfant. Je me souviens, tu en as parlé,
une nuit de confidences. Il était question de vacances, d'un
cottage loué au bord de l'eau. Tu étais encore une gamine, je
crois. Des propos confus, de plus en plus décousus. Tu avais
sommeil. Tu devenais incohérente. Curieux, je t'ai interrogée.
Tu t'es détournée vers le mur, sans toutefois nier pour le chalet.
Tu as simplement murmuré : « Je n'ai aucun souvenir de cet
été-là. » Nous n'en avons plus rediscuté, ni au matin, pas
davantage les jours suivants.*

*Malgré le temps, je n'ai pu oublier la scène. Je me demande
souvent si ta maison s'harmonise à ton rêve de fillette. Comment savoir ? Je me contente de penser qu'elle te ressemble.
Oui, j'en ai eu l'assurance lorsque je l'ai visitée la première
fois. C'était un peu avant notre mariage. Tu t'en souviens ? Tu
y vivais depuis environ cinq ans. Ses cloisons dépouillées res-
pirent encore ton odeur. Et le mur du fond avec son affiche
d'un cirque aux couleurs enfantines révèle une pointe de toi.
Et les plafonds hauts, immensément élevés ! Les larges fenêtres
donnant sur le lac en sont le seul luxe. La maison t'appartient.
Le cadeau que tu t'offres, comme héritage pour demain, dis-
tu. Nichée sur la falaise, elle a l'allure d'un phare. Un sentier,
raide et difficile, la relie au lac. Dès la fin de l'hiver, tu entreprends sa descente. Tu éprouves du plaisir à lutter contre le
raidillon, si abrupt que parfois tu perds pied. Au bout de ta
peine, ta respiration se fait haletante, courte. Tu as gagné. Mais,
dans tes yeux, je devine un regret, il me semble. Contrairement
à la berge d'en face, ici, il n'y a pas de plage. Seulement des
rochers où tu te réfugies, solitaire. De temps à autre, tu t'aventures sur le débarcadère. Craintive, tu pousses l'embarcation
amarrée. La chaîne se tend. Le canot bouge, s'immobilise de*

nouveau. C'est là son unique voyage : tu ne le détaches jamais. Et lorsque je l'utilise, tu t'affoles. Tu me guettes, l'air tourmenté, celui qu'aurait une enfant abandonnée.

J'ignore pourquoi je te relate de tels souvenirs ! Peut-être pour les rendre plus réels. Ou pour m'y accrocher. Tu m'apparais tout à coup lointaine, tellement fragile. Tu l'as toujours été. Je ne m'en rendais pas compte. Si, si, surtout lorsque tu t'accroupis devant les fenêtres. Selon ton habitude, tu te tiens immobile. Tes bras entourent tes genoux. Tes yeux se foncent, se figent. Tu as froid, tu as mal. Tu restes ainsi, longtemps, à fixer l'eau. Tu n'es plus qu'un regard sur le lac. Quand il t'accapare, lui, tu ne vois rien d'autre. Dans ces moments-là, tu ne m'aimes plus. Je n'existe pas. Pourtant, je t'épie. Sans compter le trouble qui me gagne. Je voudrais te sauver, mais de quel péril ? J'attends que tu reviennes. Les minutes s'étiolent. Enfin tu retrouves tes attitudes d'avant, indulgentes. Et tu prononces un « Jérôme » d'un ton qui se veut rassurant. Cependant, je demeure inquiet. Que... que se passe-t-il ? D'où vient la lumière qui m'aveugle ? La route, je n'y vois plus rien.

*   *   *

Je te racontais quoi, Gaby ? J'ai perdu le fil. Un camion m'a ébloui avec ses phares. Je suis accoutumé à des routiers plus courtois. Ah ! oui, je me disais inquiet. À quel propos ? Je ne sais plus. J'oublie tout. J'ai omis de prévenir ta famille. Il faudrait bien que je les appelle. Chérie, ne fais pas la moue ! Quand je parle des tiens, tu t'impatientes. Lorsqu'il s'agit d'eux, tu as ce mouvement des lèvres, un pincement étroit qui rend ton visage dur, impénétrable. Tu voudrais prononcer certaines paroles, mais tu t'en abstiens. Et tu t'entêtes dans un silence maussade.

25

Toujours tu as été évasive en ce qui concerne ta famille. Un peu moins au sujet de ta mère. Il arrive que tu songes à elle, tout haut. Tu t'attardes alors à des détails, à la suavité de sa voix, ce bonheur dont tu ne te lassais pas. Tu parles aussi de la lenteur de sa démarche que tu mimes avec un sérieux déconcertant. Et ses gestes économes que tu fais, défais, que tu reprends aussitôt. Je vous imagine semblables. Vous possédiez plus qu'un air de famille, j'en suis persuadé. Le regard devait vous identifier, pas tant par la couleur que par la façon de se poser sur un objet, de l'envahir. D'une présence réservée, elle devait appartenir, elle aussi, à ce genre de femmes qui doutent de tout, surtout de ceux qui les aiment. Sa mort a dû t'apprendre le désespoir. Tu n'avais qu'onze ans ; c'est si jeune. De toute manière, a-t-on jamais l'âge d'affronter une telle perte ? Tu adorais ta mère ; la vie te l'a volée. Ta douleur se devine lorsque tu l'imites, que tu deviens elle, nostalgique et vibrante, un instant.

Il en va autrement pour ton père. Sans doute ne lui as-tu pas pardonné son remariage si tôt après le décès de ta mère ? Pour toi, pardonner s'apparente à trahir. Hélas ! l'impudeur ne faisait que commencer ! Sa nouvelle épouse, cette Isabelle, clames-tu, tu ne pouvais l'accepter. Au-delà de tout respect, elle insistait pour que tu l'appelles « Maman ». La révolte t'en empêchait. Le terme affectueux se disloquait dans ta gorge d'enfant. Dans le plus grand secret, tu le conservais pour une autre. L'union de ton père et d'Isabelle te désavouait, as-tu crié un jour de colère. Tu ne voulais plus d'eux dans ton existence. Tu refusais de les inviter à notre mariage. Tu désirais une cérémonie intime. J'ai respecté ta demande. Tu me suffisais.

Vraiment, j'hésite à prévenir ton père. Quant à ton frère, c'est autre chose. Sa visite te ferait plaisir, n'est-ce pas ? Lors de nos quelques rencontres, il m'a paru très attaché à toi, s'émouvant de tes manies, de tes incertitudes. De temps en temps, vous vous écrivez, des lettres que tu ranges dans le coffret aux senteurs de cèdre. Lorsque tu voyages pour ton travail, vous vous voyez aussi. D'ailleurs, tu as déjà retardé ton retour pour l'un de vos rendez-vous. Je t'ai attendue au train un dimanche entier, mort d'inquiétude. Nous devions dîner chez des amis pour ton anniversaire. Dans la gare, solitaire, j'ai célébré tristement tes trente-sept ans. Tu n'es arrivée qu'au début de la nuit. Tu semblais désemparée. J'ai voulu croire à de la fatigue. Au fond de moi, j'ai réprimé l'envie de savoir ; tu détestes les questions. La fête prévue, tu n'y avais plus re-pensé et... Bon, je m'égare ! En commençant la cassette, je voulais t'aimer, juste t'aimer. Je t'aime, infiniment. Plus qu'à l'instant où je t'ai aperçue au journal. Plus que la première fois où nous avons fait l'amour. C'était au mois de juin, à ta maison. Voyons, je me trompe ! Nous n'étions pas allés chez toi.

Ce jour-là m'est resté longtemps dans la tête. Notre désir couvrait l'espace, toute la lumière. Néanmoins, nous n'avons pas fait l'amour. Je ne t'ai pas prise. Seulement, je t'ai aimée.

On entamait juin. Je débutais au journal. À mon arrivée, je n'ai trouvé personne dans le hall. Tu es passée, longeant les murs. Ta réserve m'a frappé, la simplicité de ta tenue. Tu por-tais des jeans, un ample tricot qui dissimulait le mouvement de tes hanches. Je t'ai abordée. Tu m'as indiqué le bureau de la direction. Je n'ai pas entendu : ton regard me retenait. Trou-blé, je t'ai demandé ton nom. Tu as rétorqué que c'était sans importance. Tu t'es éloignée. Rendue au bout du couloir, tu as lancé : « Gabrielle, je m'appelle Gabrielle. » À plusieurs re-prises, rivé au plancher, j'ai épelé ton prénom. Je t'aimais, déjà.

Plus tard, je t'ai revue à la cafétéria. Tu étais seule à une table. J'ai beaucoup parlé de mon nouveau poste de chroniqueur parlementaire, de mon départ prochain pour la capitale. Ton silence te distinguait des autres. Soudain, tu as frissonné, un léger balancement des épaules. Tes résistances se défaisaient. À présent, l'impatience nous habitait. Nous avons roulé hors de la ville, jusqu'à l'Auberge du Lilas. Tu n'y étais jamais allée ; elle venait d'ouvrir au printemps. Le parfum des arbustes mauves t'a charmée. Tu avais tout d'une femme amoureuse, à la fois l'éclat et l'étonnement.

Dès le seuil de la chambre, tu as changé, affligée et lointaine. D'instinct, tu as gagné la fenêtre. Vu de l'étage, le lac s'étalait dans la splendeur du couchant. Appuyée au châssis, comme confondue aux traînées irisées du soleil sur l'eau, tu ne bougeais plus. Ta silhouette se profilait à contre-jour. Je devinais ton corps plein, souple, bientôt abandonné. À distance, j'inventais ses courbes et ses replis, jusqu'à sa chaleur qui m'atteindrait. Ta fixité me désarmait. Doucement, j'ai effleuré ta nuque. De mon ébauche d'étreinte, tu t'es dégagée. J'ai d'abord cru à un jeu que tu avais trouvé pour retarder le plaisir, le rendre plus intense, et je t'ai renversée sur le lit. En te débattant, tu as gémi une phrase étrange, insensée : « Laisse-moi, je ne peux pas t'aimer ici, dans cette chambre. » Tu as pleuré. Je te sentais traversée par la douleur. Tu ne feignais pas. Je ne t'ai plus touchée, juste apaisée. Et ne t'en ai aimée que davantage. Là, face au désordre des couvertures et sans que tu le saches, je t'ai aimée.

Les heures d'après, j'ai craint de t'avoir perdue alors que nous n'avions encore rien partagé ! J'avoue que je n'ai jamais compris ni tes pleurs ni ton refus de ce lundi-là. J'ai accepté, sans t'interroger. Je n'aurais pas dû : ce fragment de notre histoire me hante maintenant. Pourquoi tes mots graves, si difficiles à entendre ? Y avait-il quelqu'un d'autre dans ta vie ? Je l'ignore. Des hommes t'ont sûrement cajolée avant moi, adorée. Les as-tu abandonnés ? Ou le contraire ? Impossible, on ne peut te quitter sans risquer la folie. Tes amants, sous quels prétextes se présentaient-ils à toi ? Et leur tendresse et leur conduite, tu te les rappelles ? Cette fois, il s'agit bien de questions car j'étouffe. Aujourd'hui, il me faut savoir.

Tu voudras bien me répondre tout à l'heure ? Je t'en conjure, ne te dérobe pas, comme lorsque tu enfouis la tête sous l'oreiller pour nier ta peur. Ainsi, les objets n'existent plus, le monde disparaît, moi également. Je fais partie de l'univers, et tu viens de le rayer.

Gaby, j'ai besoin de tes éclaircissements. Trop d'éléments m'échappent. Jusqu'à présent, j'ai laissé courir : tu représentais ce que je cherchais. Mais, là, j'ai l'impression de jongler avec les pièces d'un puzzle. Rends-moi les pièces manquantes.

Attention ! Attention ! Il va... Du calme, Jérôme. Ouf ! j'ai eu la frousse. Sur l'autoroute à deux voies, nous étions trois en ligne. J'ai voulu dépasser une familiale qui traînait. Au même moment, une Jeep s'apprêtait à me doubler. Le chauffeur a dû prendre l'accotement afin d'éviter une collision. Un accident mor...

L'accident, il y a quelques années... Je te le répète pour la centième fois : tu n'étais pas responsable. Tu bafouillais que oui, qu'elle était morte par ta faute. Il pleuvait et... Je refuse d'y songer ! Cinq ans se sont écoulés. Comment chasser ces images ? Elles me reviennent, vives, atroces.

Te rappelles-tu, nous étions mariés depuis quelques mois seulement et nous revenions d'un week-end à la mer. Les routes du Maine ne t'effrayaient nullement, même si le décor émergeait à peine. Tu conduisais avec aisance, négociant chaque courbe. Il pleuvait. Un crachin gris, serré, tombait sans relâche. Allongé sur la banquette avant, non, arrière, je te taquinais. Tu riais, tu me disais ivre. Toi, à ton habitude, tu n'avais pas

29

consommé d'alcool. Heureux, je somnolais. Lorsque tu riais, j'étais heureux. Tu riais.

Le brouillard se densifiait, on aurait dit un début de nuit. À un tournant accentué de la route, tu as freiné, brusquement. La chaussée glissante t'a fait perdre le contrôle. Ton rire s'est brisé. L'auto a dérapé, dérapé. Puis un bruit de ferraille. De plein fouet, tu venais de heurter une décapotable. Ce fut rapide ; l'impact, violent. Moi seul m'en suis sorti indemne. Toi, malgré tes blessures, tu t'es traînée vers l'autre voiture. Appuyé sur le volant, à demi inconscient, le chauffeur respirait avec difficulté. Mais l'enfant... La tête contre le pare-brise, elle paraissait endormie. Du sang. Je te revois encore serrant la main de la fillette. Son petit visage de cire t'a arraché une plainte. De toutes tes forces, pour empêcher la vie de se retirer, tu as emprisonné le fragile poignet. Trop tard, c'était trop tard. Le sang d'une enfant coulait, clair, abondant.

Désormais, le dérisoire s'installerait, partout.

Tu as insisté pour suivre l'enterrement. Je t'ai accompagnée. J'ai appris ton courage, ta détresse.

Le soleil éclairait le cimetière. Les parents de la fillette étaient inconsolables. Les gens, eux, demeuraient muets, consternés devant le cercueil de bois blanc. Tu te tenais en retrait, austère et rigide. La lumière indécente se jouait de ton deuil. Soudain, tu as retiré la chaîne à ton cou et la délicate croix de marcassite que tu portais constamment. Après avoir embrassé le bijou, tu l'as lancé sur le cercueil. Puis, à la hâte, tu as quitté le cimetière, l'enfant morte.

Nous nous sommes rejoints à l'auto. Évidemment, nous avons roulé en silence. De toute la cérémonie, tu n'avais prononcé aucune parole et, lorsque tu as enfin parlé, ça a été pour déclarer que, jamais, tu n'aurais d'enfant. Ton regard, éteint, retenait le plus terrible des tourments. Tu as baissé les paupières pour que je ne puisse t'atteindre. Tu préférais souffrir seule, et je t'en ai voulu. Une fraction de seconde, je t'en ai voulu. Non, beaucoup plus longtemps que cela.

Elle s'appelait Florence, n'avait que trois ans. Par un acte hors de ta volonté, tu l'avais tuée. Ta vie durant, tu ne te le pardonnerais pas, sourde à la clémence des autres.

Les mois qui ont suivi, je ne voudrais pas les revivre. J'en serais incapable. Tu étais devenue une étrangère. Tu rôdais. Ou plutôt tu guettais, je ne sais quoi. La mort te rendait à la fois pathétique et cruelle. Je ne pouvais ni t'approcher ni me montrer ému de ton isolement : tu récusais mon existence. Tu portais le deuil d'une enfant.

Durant une longue période, nous n'avons plus fait l'amour. Tu ne supportais plus mes mains, ma respiration. Au moindre de mes élans, tu t'éloignais. Pire, tu t'enfuyais au grenier, y passais la nuit en compagnie d'un visage de cire. Le matin, tu redescendais ; l'ombre de Florence te précédait. Elle te devançait de la sorte jusqu'au crépuscule, chaque jour.

Avant la petite Florence, tu désirais des enfants, un garçon, des filles. Tu adorais les enfants, sensible à leur simplicité gauche, désarmante. Après, tu n'en as plus voulu. Inutile, disais-tu avec un timbre assourdi par l'affliction, inutile si c'est pour les offrir à la mort. Tu ne serais pas mère. Un jugement sans appel. Je m'y suis rendu. Je te préférais à nos éventuels fils. Depuis, je n'ai cessé d'endosser mon choix.

On ne guérit pas de tes peines.

*   *   *

Depuis plusieurs minutes, je roulais, silencieux. J'avais déposé le dictaphone sur le siège de droite, ta place : tu ne conduis plus depuis la mort de l'enfant. Curieux besoin de me

*taire tout à coup, alors qu'il y a moins d'une heure j'étais in-
tarissable. Les mots avaient subitement perdu leur poids, leur
importance. Je t'aime, cela me suffit. Je ne peux rien faire de
plus vrai que t'aimer. Ma vie se résume à l'amour que je te
porte. Mais toi, éprouves-tu les mêmes sentiments que lorsque
je t'ai appelée « Gaby », la première fois ? Tu rayonnais. La
tendresse passait dans ton hochement de tête, dans ta voix qui
murmurait que personne, avant moi, ne t'avait manifesté cette
marque d'intimité. Un diminutif ou un baiser, ajoutas-tu, c'est
pareil. À cet instant, je t'ai embrassée, peut-être avec trop d'insistance. Nous n'avons plus parlé. Nous nous sommes aimés.*

    *La nuit noircit encore. Là-bas, dans la chambre aseptisée,
tu te réveilles. Tes yeux sont d'un bleu tranquille, étonnamment
pâle. Ne les ferme plus. Tout disparaîtrait. Et je me perdrais
en mots inutiles.*

    Lorsque tu ris, je suis heureux. Tu ris si peu, Gaby.

*   *   *

    *Depuis tantôt, je pense à ma dernière phrase sur le ruban.
Je devrais l'effacer : elle se révèle fausse. Souvent tu ris.
Lorsque tu le fais, tes joues se gonflent et ton grain de beauté
bouge, arrondi et noir, contrastant avec le pâle de ta peau. Tout
ton visage s'ouvre. Dieu que tu es belle dans ton rire sonore,
presque naïf, et qui entraîne le mien !*

    *Je t'entends encore, il y a si peu de temps, quelques jours
à peine. Septembre se terminait dans la grisaille. Tu venais de
remporter le prix de la meilleure entrevue. Pour célébrer l'événement, j'ai ouvert une bouteille de champagne. Rosalie est
arrivée avec un colis au papier fleuri. De coutume, tu
n'apprécies guère les cadeaux ; ils suscitent chez toi un malaise, une sorte d'embarras. Ma sœur t'a félicitée. Tu l'as*

32

embrassée puis, avec retenue, tu as déballé le paquet : une poupée gigogne, très colorée. Je surveillais ta réaction. Le vin coulait. Rapidement, ta gêne a tourné au plaisir. Tu riais, n'en finissais plus de retirer des poupées, toujours une autre et différente. Tu ne savais plus résister à l'emportement. Te regarder nous rendait joyeux. Rosalie a déclaré que son présent te ressemblait : une Gabrielle que l'on ne cesse de découvrir. Nous avons bu, sauf toi. Cependant, tu riais plus que nous, ivre d'une secrète émotion.

Ce samedi-là, tu avais le rire léger, facile.

Hélas ! il n'en va pas toujours ainsi ! Le soir de l'album-photos, par exemple. Assis dans la causeuse, nous le regardions pour la première fois. Tu tournais doucement les pages, t'arrêtant à chacune des photos. Les personnages de ma famille t'attiraient. Je le devinais à ta façon de toucher le papier glacé. Attentive, tu t'attardais à mes parents, à mon frère décédé en bas âge, à Rosalie, plus taquine qu'aujourd'hui. Tu t'amusais de me voir gamin, les cheveux bouclés et l'air espiègle. Tu riais de l'adolescent que j'étais, très gauche. Et tu t'es esclaffée devant le jeune homme que je voulais sérieux dans son complet neuf ! Emporté par ta gaieté, je t'embrassais. Tu m'apprenais le bonheur. Mais, à la fin de l'album, ton visage s'était figé. Seules tes lèvres esquissaient un sourire, incertain. Tu étais devenue songeuse. Mes souvenirs fixés sur la pellicule te faisaient envie. Du moins je le suppose, puisque je ne t'ai pas posé la question.

On dirait que je m'applique à inventorier tes rires ! Allons, ne te moque pas : je ne peux faire autrement. Mille détails de ta personnalité surgissent. Des éléments auxquels je n'avais guère réfléchi avant cette nuit. Sans doute la hantise de te perdre ? Non, je ne veux pas te perdre. Ne m'écarte pas de ta vie, comme la fois où tu es revenue sous l'orage. Une tempête de juillet, violente et subite. Il faisait déjà lourd lorsque tu es partie te promener sur la plage. La suite, tu me l'as racontée. Tu marchais. La pluie a commencé d'un coup. Des éclairs bariolaient l'horizon. Au bruit du tonnerre, tu as pris peur. Tu t'es réfugiée à l'Auberge du Lilas où tu as fait la connaissance d'une certaine Marie. Elle y travaillait. Elle t'a dit sa fascination de l'orage. Tu décrivais sa voix posée et généreuse, aux modulations infinies. En t'écoutant, j'ai allumé une bougie. Le séjour est devenu opalin. Tu continuais de louanger la voix texturée qui avait su dissiper tes craintes de l'orage. Et tu riais, un rire dont je me sentais exclu. J'en ai peu appris à propos de cette femme, hormis la tessiture de sa voix. L'éclairage adoucissait le contour des objets, leurs couleurs. Il rendait ton visage plus fin encore. Tu étais belle, tellement belle ! Mais tu n'as plus eu un rire si intime. Cette rencontre t'avait-elle fait perdre quelque chose ? Ou trouver ? C'est égal...

Il t'arrive de rire. Seulement, il faut des motifs à ton rire.

Ne m'écoute plus, ma chérie, je délire. J'ai entamé la cassette pour me retrouver avec toi, te parler, te raconter, mais je ne cesse de m'interposer entre ta main et ses gestes. Je me dis, moi. Que veux-tu, je suis incapable de penser à toi sans me révéler. Tu fais partie de mon être. Et lorsque des confrères me demandent si je vais bien, je leur donne de tes nouvelles. Je t'aime, et demain sera ton nom. Je récuse tout autre avenir. Je suis incorrigible, n'est-ce pas ? De nouveau, je me glisse entre la femme que j'aime et ses désirs à elle. Quel mauvais journaliste ! Je devrais m'en tenir aux faits et éviter de les interpréter. Lorsqu'il s'agit de ma Gaby, je n'y arrive pas. Essayons encore ! Tu gardes tes cheveux très courts, lissés. C'est sans importance ! Je décrirai plutôt ta passion pour l'art, même si tu ne possèdes aucune œuvre, ne serait-ce qu'une reproduction. Curieux paradoxe, je trouve. Comme ton goût pour les villes que ton travail, parfois, t'amène à visiter. Surtout les métropoles. Et plus elles te dépaysent, plus tu t'y sens à l'aise, sauf New York. Elle, tu la compares à un gouffre. Ses feintes te répugnent, ses gris, ses insoutenables contradictions. Sa richesse qui nargue la misère l'enlaidit, soupires-tu dans tes moments de lassitude. La folie de New York, le vide de son béton. Je retombe dans les sentiments ! Tant pis, ce sont eux qui te rendent présente, partout, jusque dans l'épaisseur de l'ombre qui borde l'interminable route.

Les kilomètres s'accumulent à l'odomètre, mais j'avance à peine. La nuit cache le décor. Je n'ai plus de repère. On dirait un épais brouillard. C'est à s'y méprendre. Tu serais ravie, tu aimes tant cette atmosphère feutrée. Les jours de grandes brumes, tu restes devant la fenêtre à attendre que le lac se montre. Tu ne le vois pas. Tu le sens là, tout près, intact dans sa forme oblongue. Les tempes veinées par l'attention, tu le guettes jusqu'à ce qu'il apparaisse. Je m'explique mal ton attitude, puisqu'il t'effraie. Tu ne t'y baignes jamais. Pourtant, je t'imagine aisément fendre l'eau. Ton corps glisserait, agile, sans s'épuiser. Impensable ! Tu refuses de te baigner, tout autant que les sorties en canot que je te propose. Inutile de t'y forcer ; je l'ai appris à mes dépens ! Je regretterai toujours d'avoir insisté une fois, une seule, un jour de canicule. L'humidité emmurait la région. Elle écrasait le vent, l'espace, et nous rendait indolents. En fin de matinée, nous nous étions réfugiés sur les rochers, près du débarcadère. Je tuais le temps. Tu scrutais le lac, son étendue apaisante. Dans la chaleur, tu tenais un livre, le vieux bouquin aux pages gondolées, à la couverture défraîchie et qui, autrefois, avait dû être d'un jaune soutenu. Tu ne le lisais pas. Tu l'avais traîné, selon ton habitude.

35

Le soleil cuisait le sol. Je me sentais desséché. Je ne pouvais plus rester ainsi, sur la pierre brûlante. Dans un élan irréfléchi, je t'ai entraînée vers le débarcadère. Tu as résisté. Tu ne plaisantais pas ; je le savais. Néanmoins, je t'ai retenue jusqu'à ce que l'embarcation s'éloigne de la berge. Tu tremblais. Au milieu du lac, tu as tenté de me rejoindre à l'avant. Le canot a tangué. Tes cris ont percé les alentours. Tu hurlais que nous allions verser, nous noyer. Que tu n'avais jamais été une sirène, que Yukiko avait eu tort de le prétendre et que, par ses allégations, elle avait brisé votre merveilleuse relation. Tu vociférais des choses insensées. Des hallucinations que rien n'arrêtait, ni mes regrets ni mes questions au sujet de l'Asiatique dont, l'instant d'avant, j'ignorais le nom. Tu ne m'as pas répondu, me laissant imaginer n'importe quoi. Tendue à l'extrême, tu serrais le livre contre toi. J'ai gagné la rive, en colère ; vraiment, je me détestais. De retour à la maison, tu t'es enfermée dans le grenier. Tu y es restée cachée pendant des heures, loin de tout, particulièrement de moi.

J'ai appris qu'il valait mieux ne pas te contraindre.

Ma pauvre chérie, avec mes histoires, je t'empêche de te reposer. Et puis tu trouves que je parle trop du lac. Sans doute parce que je suis incapable de comprendre l'accident de ce soir. Toi, glissant sur l'eau, dans le noir, en octobre ! Tu voulais peut-être te délivrer de tes craintes, te prouver que le lac était inoffensif. Seulement, tu as paniqué. Tu aurais dû te cramponner à l'embarcation, appeler à l'aide. Tu l'as fait, j'en suis persuadé. Qui t'a recueillie, sauvée ? J'ignore jusqu'à son nom. Quels soins t'a-t-il prodigués ? Je veux tout savoir. On m'en a si peu dit au téléphone. Et maintenant, te sens-tu mieux ? À cette heure-ci, les bruits de l'hôpital s'assourdissent. Ta chambre se perd dans la pénombre. La moiteur des draps te

36

réconforte. Tu frissonnes pourtant. Les yeux mi-clos, tu frissonnes, tu me cherches.

Avant de quitter la capitale, j'ai essayé en vain de communiquer avec les médecins. Nul doute qu'ils s'affairaient à tes côtés. Ces étrangers m'agacent. Leurs conversations te fatiguent. Leurs soins te blessent. Ils piquent ta chair d'une aiguille, d'une drogue. Je refuse qu'on te fasse mal. Tu étais ma femme. Étais... Je perds la tête ! Tu ES ma femme.

Tu ne peux pas me laisser.

Notre entente court encore. Nous avons un contrat de dix ans, renouvelable dix fois. Cent ans, ma Belle au bois dormant. Nous commençons juste à vivre. Nous serons bientôt ensemble. Tu vois, j'accélère, je me fous de la limite de vitesse. Elle ne devrait s'appliquer qu'aux promeneurs du dimanche. Tu ES ma femme. Tu le demeureras si longtemps que tes paupières deviendront de vérita... Que se passe-t-il ? Tu entends les sons perçants ? Des policiers me font signe de me ranger. Ils insistent. On leur aurait donc transmis de l'information à ton sujet ? Tu n'as pas sombré à nouveau dans le coma, Gaby ? L'air me manque. Le doute me tue. Et les policiers qui me talonnent à présent.

* * *

Que de précieuses minutes j'ai perdues ! Les policiers viennent de me laisser partir. Il ne s'agissait pas de toi : selon eux, je conduisais en suicidaire, bien au-delà de la vitesse réglementaire. Ils me pensaient ivre. Je l'ai deviné à leurs questions. Au début, ils affichaient une allure désinvolte. Puis, ils ont exigé mes papiers, me dévisageant d'un air accusateur. J'ai dû leur parler de l'accident sur le lac, de ton état, ajoutant que tu m'attendais à l'hôpital. Du coup leur attitude a changé, moins

37

arrogante. J'en ai été quitte pour une contravention et la semonce d'usage, et j'ai repris aussitôt la route.

J'ai menti : tu ne m'attends pas. Tu ne m'attends plus. Autrefois, tu guettais mon retour. Tu t'inquiétais d'un retard, fût-il minime. Tu as changé. Je crois connaître l'origine de cette transformation. Un incident en apparence banal, et que j'essaie de ramener à ma mémoire. Il me manque des détails, les circonstances exactes. Nous devions dîner à l'extérieur. Sûrement chez Lorenzo, l'Italien, puisque tu aimes les restaurants décontractés, ne te sentant à l'aise que dans tes éternels jeans. Je ne me souviens plus de la saison, uniquement du jour : un vendredi. Je devais rentrer tôt ; un embouteillage m'en a empêché ou un embêtement du genre. Ce dont je suis certain, c'est que je ne pouvais te prévenir. Immobilisé pendant plus de deux heures, je ne pensais qu'à toi. Je t'imaginais au bord de l'affolement. Je te voyais construire mille tragédies, et qui te laisseraient une forte migraine. Par contre, en m'apercevant tu t'élancerais dans mes bras. Douce, tu me murmurerais des expressions si intimes que j'en deviendrais tout rouge.

Mon arrivée n'a pas suscité l'accueil escompté. Assise dans la causeuse, des feuilles de papier entre les mains, tu es restée immobile, froide. Tu semblais contrariée bien davantage qu'apeurée. Tu n'as eu aucun mot tendre ; ceux du reproche les ont remplacés : « Tu n'as pas le droit de m'abandonner, tu n'en as pas le droit ! » Ta froideur tournait à la colère. J'étais ahuri, décontenancé à un point tel que je ne t'ai pas retenue lorsque tu t'es précipitée dehors. Avec une hâte égale, tu as dévalé le sentier conduisant au lac. Je t'ai retrouvée sur la berge. Agenouillée sur les cailloux, tu poussais sur l'eau un fragile bateau de papier, impatiemment, comme l'aurait fait une fillette pour secourir quelqu'un. Et sans cesse tu vociférais la phrase lancée plus tôt. Je t'ai alors crié que, jamais, je ne t'abandonnerais, qu'il m'était impossible de t'abandonner. On aurait dit que mes cris te laissaient indifférente, que seuls les tiens comptaient. Tu ne voyais que la barque de papier, le lac. Moi, j'observais ton profil lisse et pur, toujours nu. Je te regardais jusqu'à en avoir mal. Je n'étais capable que de te regarder.

Depuis, j'ai le sentiment que le bateau d'enfant t'a amenée très loin, ailleurs, d'où tu n'es jamais entièrement revenue. Tu ne m'attends plus inquiète et fébrile. Pourtant, chaque dimanche soir lors de mon départ pour la capitale, je sens la peur t'envahir et j'entends dans ma tête un : « Tu n'as pas le droit de m'abandonner. » Pourtant, tu ne dis qu'un « Au revoir », souvent un « Je t'aime. » Nous nous embrassons longuement. Puis, à regret, je te quitte. Sans partir vraiment.

Encore le lac ! Fait-il partie de nous à ce point ? De toi surtout ? Avant cette nuit, il représentait un simple élément de mon décor : une étendue blanche et givrée l'hiver, une oasis pendant les chaleurs. Guère plus, sinon qu'il était là. En parler me montre l'importance qu'il a toujours eue, à mon insu. Il rassemble mes souvenirs. Il colore tes attitudes, ta silhouette.

Tout à l'heure tu t'es confondue à ses eaux d'automne.

Trouves-tu que je me répète sur la cassette ? Sans doute, et je le ferai de nouveau pour te redire que l'idée de t'abandonner m'est inconcevable. Je ne veux plus qu'une telle pensée t'assaille ou t'effleure. Promets-le-moi. Tu es tout mon désir. Viens dans mes bras, plus près. Blottis-toi contre moi, calme et rassurée, jusqu'à devenir mon unique certitude. Une senteur d'iris se dégage de ta peau, de ta respiration, et elle imprègne mes baisers. Nous ne bougeons plus, liés l'un à l'autre, à l'instant, à notre tendresse.

Repose-toi. Je veille. Toute la nuit je veillerai, comme la fois, il y a quelques mois, où la glace s'est dérobée sous ton corps. Des camarades passaient le week-end à la maison. J'avais insisté auprès de toi pour les inviter. Tu n'aimes pas que l'on t'envahisse ; tu prétends que l'air manque, que la lumière se brouille. Pour me faire plaisir, tu avais accepté de recevoir Marjolaine et Luc. À moins que ce ne soit à cause de Pascal, émouvant dans ses quatre ans. En t'apercevant, il a couru vers toi. Un enfant qui te connaissait à peine. Il ne t'a plus laissée. Tu étais sa confidente, son amie. Près de lui, ton visage s'égayait. Tu te détendais. Cela s'entendait dans ta voix. Tu ressemblais à un paysage de juin, tout épanouie.

Le samedi s'achevait. Nous venions de terminer le repas. Avec sa jovialité coutumière, Luc relatait nos mauvais coups du collège, insistant sur mes gaffes les plus notoires. Nos rires tombaient dans le séjour, insouciants et sourds, mêlés à ceux du bambin, plus clairs. À moitié endormi, Pascal riait de notre gaieté. Je m'apprêtais à desservir lorsque Marjolaine a proposé une promenade autour du lac. Visiblement, tu n'y tenais pas. Tu t'es offerte pour coucher l'enfant, pour lui lire quelques contes. Personne n'a accepté ta proposition : nous irions ensemble, tous. Le regard quémandeur du petit a eu raison de tes réticences.

La lune creusait des zones d'ombre le long du sentier, sur le lac. Par-ci, par-là, les craquelures de mars veinaient la glace. En retrait, tu expliquais au gamin les fruits des sapins. Malgré l'heure, l'enfant demeurait attentif : il ramassait des cônes, touchait les bulles de résine sur l'écorce des arbres. Je vous regardais, attendri, jusqu'à ce que Luc et sa femme m'entraînent plus avant. La suite, je l'ai reconstruite. Pascal a dû déjouer ta vigilance pour s'aventurer sur le lac. Tu l'as appelé, doucement, pour ne pas l'effrayer. Mais, aussi soudainement qu'il aurait pu le faire pour se mettre à courir, il s'est figé, là, sur place. Les séquences suivantes, je les conçois facilement.

Tu marches vers le petit. La glace craque ; tu avances d'un pas, puis d'un autre, encore un. La glace se fend, sec ; l'eau monte, gagne tes hanches. Tu t'enfonces plus profondément, tu... Alertés par les cris de l'enfant, nous avons accouru. Une vision qui reste insoutenable ! Pascal effondré, le visage mouillé de larmes. Toi, immergée jusqu'aux épaules, les bras en croix sur la glace, muette, résignée à être avalée par les eaux.

Une nuit interminable ! Tu ne cessais de t'imaginer prisonnière d'un cercueil de glace. Des heures durant, tu as erré dans la maison. Tu allais et venais, rôdais près de l'enfant endormi. Tu t'épuisais de gestes amples, désordonnés. L'air, l'espace te manquaient. Tu étouffais. Malgré la fatigue, tu as refusé de te reposer dans notre chambre : l'étroitesse des lieux t'aurait fait suffoquer. À l'aube, abattue par tant d'agitation, tu as consenti à t'allonger sur le divan. Les premières lueurs du jour plongeaient sur le lac. Tu t'es tournée vers le mur et, fixant l'affiche du cirque, tu as prononcé des paroles si troublantes que j'en frémis encore. Je suis noyée, tu disais, c'est terrible de mourir par l'eau. Puis, recroquevillée, tu t'es endormie.

Toute la nuit j'ai veillé sur toi.

J'ai continué longtemps à le faire.

* * *

Depuis plusieurs kilomètres déjà, j'essaie de me calmer. Je roulais dans le plus complet silence. Je pensais surtout à ma manie de te relater des faits que tu connais mieux que personne. Cette accoutumance me viendrait-elle de l'âge ? Je ne peux pas vieillir si mal ! Tu me préserves de ce vilain défaut. Ta présence prend tant de place en moi que le vieillissement devient impossible. Tu me rends vivant, ma chérie.

Tu es mon bonheur, au quotidien. Le moindre élément de toi m'émeut, me trouble. Ton air recueilli lorsque tu allumes un cierge à la chapelle du lac. Un long moment tu contemples la flamme, ses reflets irisés. Puis tu lèves la tête, me traverses de ton regard d'un bleu si tranquille qu'il en devient presque naïf. Je n'ai alors aucune difficulté à t'imaginer à sept ou neuf ans, offrant à Dieu les cierges de n'importe quelle église, sans débourser un sou, sans remords non plus. Seule l'intention comptait, sa pureté.

Je voudrais être tous ceux que tu côtoies et touches, ceux que tu as aimés. Depuis que je te connais, tu t'enracines aux événements de ma vie, du plus simple au plus profond. Dans l'espace de cinq ans, que de souvenirs se sont fondus à tes couleurs ! De la Noël à la Toussaint, de mes jours de lassitude jusqu'à mes instants de folle confiance, ton visage s'impose. Je te revois, taquine, croquer la pomme que je viens d'entamer. Je proteste, pour le plaisir. Après quelques bouchées, tu penches la tête sur le côté, l'air de demander : « Tu m'aimes encore ? » Tu recommenceras demain, j'en suis sûr.

Il me vient des séquences d'un film dont tu es l'unique personnage. Des plans s'estompent. D'autres, plus vifs, se détachent, me gardent en équilibre. C'est le plein midi. Le soleil écrase le sol. Accroupie sur les talons, tu presses la terre autour du thym, du cerfeuil. Puis tu palpes le basilic, son feuillage velouté ; un arôme sucré parfume l'air. D'un souffle nouveau, tu reprends ton travail. Aucune fatigue ne te vient. Il n'y a plus que les plantes odorantes que tu désherbes avec minutie. Adossé contre un arbre, sous son ombre, je t'observe. C'était l'été dernier.

Les images se bousculent dans un désordre absolu. Un gros plan me parvient. Tu marches dans ma direction. J'ouvre les bras. J'aimerais te séduire, mais je te raconte des histoires, des redites que tu pourrais détailler d'avance. De mon étourderie, tu ris. Tes joues s'arrondissent et ton grain de beauté bouge au gré de tes humeurs. Je ne connais rien de plus vrai que ton visage qui rit.

Le jour se retire. Je t'entraîne dans la chambre ; tu te tends. Je détache tes jeans. Ton corps apparaît, sa chair tiède que je touche. Tu frémis, mouvements retenus, brisés. Je voudrais annuler tes fuites. Défaire ton rêve du chapiteau qui s'effondre, t'étouffe de son rouge trop sombre. Tu glisses au fond du lit. Le clair-obscur te voile ; je me perds dans tout ce qui n'est pas toi. Je te rejoins.

Lentement tu me découvres, me désires. Tu m'appelles. Tes doigts indisciplinés me rassurent. Tu me veux. Nue, offerte, tu me laisses venir. Je m'avance dans ton ventre à la ligne fragile. Je te sais là, entière ; nous nous retrouvons.

La nuit s'use. Nous sommes face à face. Une fois de plus je sortirai différent de notre rencontre. Je tremble, étonné de tant de bonheur. Le même que lorsque je te verrai tout à l'heure.

*   *   *

Durant un moment j'ai écouté la radio. Je ne me souviens plus de l'émission. Comment aurais-je pu prêter attention ? Au fond, je voulais juste fermer le dictaphone. Ce que je racontais sur la cassette m'a soudain paru dérisoire. Du vent ! Mes mots ont le poids du vent. Je ne parviens pas à t'exprimer mes sentiments. Je te décris alors que je voudrais tenir ta main, t'aimer. Si au moins je pouvais en finir avec la route ! J'ai l'impression de parcourir un interminable chemin de croix. Malgré l'attente à l'aéroport, j'aurais dû prendre l'avion. Une heure après le décollage, je me serais retrouvé à ton chevet. Mais là, j'en suis rendu à compter les kilomètres à rebours. Et aucun des panneaux verts le long de la voie n'annonce Bermont, ses alentours. Je guette la sortie. Ce n'est jamais elle, ni la suivante ni l'autre après. L'a-t-on rayée du réseau routier ? Je ne m'y retrouve plus ; viens à mon secours. Dis une parole, n'importe quoi. Souvent, tu me regardes. Tes lèvres s'entrouvrent, puis tu te tais. Tu restes au bord des mots que tu retiens. Tu choisis le silence. Seulement, aujourd'hui, j'ai besoin que tu parles. Je ne saurais te voir si je ne t'entends pas. Allons, efface la moue qui t'ancre dans l'entêtement. Vas-tu comprendre à la fin qu'il te faut me venir en aide ? Réagis, sors de ta léthargie. Tu n'es qu'une femme capricieuse et remplie d'exigences, une enfant trop gâtée. Depuis des années, je me plie à tes demandes, je me soumets à la moindre de tes requêtes. C'est assez, je ne... Gaby, Gaby, pardonne mon emportement. Qu'est-ce qui m'arrive ? Je ne voulais pas te blesser. La tension me rend irritable, m'épuise. Je crains tellement pour ta vie.

Il faudrait que la nuit cesse.

Comble de malchance ! L'aiguille du réservoir à essence indique zéro. Je dois faire le plein à la prochaine station-service. Ce serait idiot de tomber en panne au moment où tu m'attends. Oui, oui, tu m'attends avec ton impatience des samedis. Tu m'attends, il ne peut en être autrement.

* * *

Des automobilistes faisaient la file au poste d'essence. J'ai failli m'emporter. Afin de me calmer, je suis allé prendre un café, que je regrette. J'ai gaspillé de nombreuses minutes. Je serais à présent plus proche de l'hôpital Saint-Louis. Je ne m'arrêterai plus. D'ici à Bermont, je ne m'arrêterai sous aucun prétexte. Je ne tolère plus d'être distrait de toi.

À mon grand étonnement, il y a beaucoup de circulation. J'avais oublié le long congé de l'Action de grâces. Néanmoins, jamais l'autoroute ne m'est apparue aussi dénuée d'intérêt. Sa monotonie a quelque chose d'affolant. Et le paysage qui se dissout dans le noir ! Seuls des réverbères placés aux abords des sorties trouent la nuit. Mais je te sens à mes côtés, m'encourageant d'un signe de la main. Puis, te décrire le trajet nous le fait parcourir ensemble. Comme nous partageons des situations pénibles ou encore des moments de fête, celui de mon dernier anniversaire, par exemple. Un souvenir fort dans l'amour que tu m'y as exprimé. Tu as le goût de rétorquer que, bientôt, il vieillira. Je te répondrai que la mémoire n'agit qu'à sa guise. Elle érode des fragments, en préserve d'autres ou, mieux, les rend vivants. Elle se moque de la logique, se joue de nos désirs les plus ardents. Sauf de celui que j'ai éprouvé la nuit de mes trente-cinq ans.

Plusieurs jours avant Noël, je t'ai sentie étrange. Je m'expliquais mal ton effervescence. De coutume, l'approche des fêtes te laissait indifférente. Pas l'an passé. Tu as voulu décorer la maison, y compris les fenêtres que des anges de paille encadraient. Et le sapin que tu désirais touffu, énorme, alors que les Noëls précédents tu l'avais refusé d'un vague mouvement de la tête. Par vanité, je me disais que mon anniversaire t'importait plus que Noël. J'ai toujours trouvé injuste d'être né le jour de la fête de tout le monde.

La session parlementaire étant terminée, je t'aidais, non sans inquiétude. D'où te venait l'envie de célébrer Noël ? Pourquoi y accorder autant d'importance puisque tu n'apprécies que la simplicité ? Des questions qui me préoccupaient davantage lorsque tu t'absentais. Régulièrement tu sortais, ne rentrais que tard, l'air changé, rayonnante. Tes absences me laissaient perplexe. Une liaison ? Pire, tu ne m'aimais plus ? Je détestais celui qui me volait tes pensées et, pendant ton sommeil, j'effleurais tes tempes qu'un autre avait caressées,

45

peut-être. Je te perdrais. Je te perdais. Tu t'enfonçais dans le mystère ; moi, dans le doute. La jalousie prenait forme.

Le temps de l'Avent a passé, lent, lourd de mon malaise.

Une lune ronde éclairait le lac, la falaise. Minuit approchait. Dans un coin du séjour, le sapin s'imposait. Tu es apparue sur le seuil de la chambre, élégante dans une robe de velours aux reflets cuivrés. Tu portais tes cheveux lissés vers l'arrière, dégageant ainsi ton front grave et pur. Tu m'as tendu la main, tu m'as entraîné vers la porte d'entrée que tu as ouverte. Un « Bon anniversaire, Jérôme » a fendu le froid. Mes amis et des collègues chantaient en chœur. Entassés sur le perron, ils formulaient leurs vœux. Étonné autant qu'ému, je suis resté figé sur place. Tu m'as embrassé ; ils t'ont imitée, un à un. La fête s'est prolongée jusqu'à l'aube.

Il neigeait. Une neige cotonneuse collait aux fenêtres de la chambre. Nous étions seuls à présent. Las d'une douce fatigue et serrés l'un contre l'autre, nous ne bougions guère. Le plus merveilleux de mes anniversaires avait dissipé ma peur de te perdre. Je te revoyais, belle au milieu de la gaieté bruyante. Sur ton visage, je ne lisais ni effort ni ennui. Tu parlais aux gens avec une voix que tu réserves aux amis, très attentive. Parmi les convives, tu allais, venais, partout à la fois. Tu avais des mouvements vifs de tout le corps et ton empressement donnait le ton à la fête pour laquelle tu n'avais rien ménagé. À commencer par la robe de velours que tu portais pour moi, uniquement pour me faire plaisir. Et ton cadeau : une folie ! Chevalière gravée de nos deux initiales. Cette bague, tu l'avais achetée avec tes économies ramassées pour un nouvel appareil-photo qui te faisait envie. Tu me donnais tout, jusqu'à annuler tes désirs !

Un long moment, je t'ai tenue dans mes bras. J'aurais aimé te faire un enfant ; tu aurais refusé, n'est-ce pas ? Le jour se

46

levait. Petit à petit, la neige épaississait le verre. Sans hâte, tu as roulé au bord du lit, tu t'es endormie. À plusieurs reprises, j'ai palpé la chevalière, amulette qui, désormais, nous protégerait du malheur, du doute surtout. Puis, j'ai glissé dans la place que tu occupais l'instant d'avant et, à mon tour, j'ai sombré dans le sommeil.

Je me sens vide, épuisé. Je devrais stationner sur l'accotement et m'allonger sur la banquette arrière. J'aimerais dormir d'un sommeil aussi profond que celui de la nuit de mes trente-cinq ans. Ou juste me reposer pour contrer la marée de réminiscences qui me submerge. Ne penser à toi qu'au présent. Effacer les saisons et l'heure, ta chute dans l'eau, les médecins à ton chevet, tout l'inconnu, ta relation avec l'Asiatique, entre autres. Votre merveilleuse relation, avais-tu lancé. Une histoire que j'ai souvent imaginée et qui me causait problème : je ne parvenais pas à la cerner. Ni à la nommer. Une grande amitié ? Peut-être une tendresse partagée ? Enfin, ma chérie, qu'est-ce qui te liait à Yukiko ? Ne me dis pas que vous vous... Je délire. J'ai honte de penser de la sorte, mais une femme dans ta vie, ce serait possible. Il y a bien eu Gemma. Ah ! Gemma. La voici en travers de ma route. Les phares la détachent de l'ombre. Elle marche. Elle allonge le pas. De nouveau, elle me déloge.

Oui, elle me délogeait. Tu la contemplais comme si son visage avait porté toute la beauté du monde. Gemma est entrée dans notre quotidien sans que je soupçonne l'importance qu'elle aurait. Elle traîne encore dans ta tête, je le sais. Et depuis elle, certaines de tes nuits se brisent au cauchemar où tu meurs sous le chapiteau. Il y a plus de quatre ans que tu la portes sous tes paupières. Tes silences parlent si souvent d'elle !

Gemma venait pour une semaine ou deux à Bermont, en vacances, chez son frère Paul. Elle débarquait de Paris, sa ville d'adoption depuis près de vingt ans. Je la revois au jour de son arrivée, ses cheveux gris, sa cinquantaine épanouie. Elle marchait d'un pas régulier, long. Elle avançait, assurée.

Notre ami Paul nous avait invités. Le repas avait été parfait. La soirée s'achevait dans la tiédeur des débuts d'été. Il pleuvait ce samedi-là, une pluie de juin, continue et fine. Gemma adorait la pluie. Malgré la fatigue du voyage, elle parlait beaucoup, aisément de tout. Elle nous décrivait son appartement devenu trop spacieux après le décès de son mari, son travail au lycée, son bonheur d'être bientôt grand-mère. En dépit de l'abondance de ses paroles, Gemma ne s'imposait pas. Elle prenait sa place, pas plus. Tassée au fond de ton siège, tu écoutais.

Vous deviez vous revoir le lendemain. Tu l'as rencontrée le dimanche et les jours suivants. En quelques heures, elle était devenue ton amie. Gemma défaisait tes habitudes, déjà.

C'est de cette façon que Gemma s'est installée dans ta mémoire.

Très vite elle a scandé le rythme de ton existence. Du lundi au vendredi, entre deux entrevues pour le journal, tu te consacrais à Gemma. Tu lui faisais découvrir la ville, les environs. Partout où tu allais, elle t'accompagnait. Par temps clair, tu l'entraînais sur la falaise pour une balade ou un pique-nique que tu me décrivais à mon retour. Je n'étais pas jaloux de Gemma : tu me la racontais. Pour Yukiko, c'était différent. Elle, je l'inventais. Tu m'avais laissé dans l'ignorance, et j'inventais le pire.

Parfois, tu écrivais à Gemma. Tu choisissais alors ton plus beau papier, le bleu, frangé. Je te regardais, sans me lasser. Tu ressemblais à une écolière qui rédige sa première composition. Avec une patience proche de l'entêtement, tu remplissais plusieurs feuillets d'une écriture soignée. Puis, tu glissais les lettres dans ton livre à la couverture d'un jaune délavé.

Je ne savais de Gemma que ce que tu en disais. Un diman-che, j'ai eu le goût de la connaître davantage. Elle a accepté mon invitation à déjeuner. Les peupliers ombrageaient le jardin. Tu ne mangeais pas. Assise à côté de Gemma, tu l'écoutais. Je vous observais. Vous étiez si différentes dans le maintien du corps, dans les gestes amples et faits d'élan chez l'une, tout en nuances chez l'autre. Le contraste me frappait. Il ne tenait pas à votre écart d'âge, mais plutôt à une dissimilitude dans l'aisance. Gemma inspirait la confiance.

Le vent s'était levé, agitant mollement le feuillage des ar-bres. Par-ci, par-là, le soleil s'infiltrait dans le jardin. Tu t'es rapprochée de Gemma et tu as pris sa main que tu as embras-sée avec respect. Gemma n'a eu aucun mouvement de recul. Elle t'a souri, elle a caressé ta joue. Tu as rougi, à peine. Il ne s'agissait pas d'amour, j'en suis persuadé. Tu n'aurais pu aimer deux êtres à la fois, et tu m'aimais. Non, tu n'étais pas amou-reuse de Gemma, tu la vénérais. Je l'ai su à des détails qui ne trompent guère, surtout à ta façon de profiter de sa présence. Sans crier gare, tu as couru chercher ton appareil-photo. À ton retour, tu as supplié Gemma de ne plus bouger. Puis, pareille à une enfant qui photographierait le couchant afin d'as-surer sa permanence, tu as fait d'elle plusieurs portraits. Tu l'as photographiée ainsi, un long moment, de peur que ta mémoire ne suffise à te la garder vivante.

À la fin de l'après-midi, aussi paisible qu'à son arrivée, Gemma est retournée chez son frère. Elle est partie, mais d'un pas lambin, me semble-t-il.

L'été s'installait dans la chaleur. Tu voyais régulièrement ton amie. Gemma a prolongé ses vacances. Durant près de trois mois, tu l'as peu quittée.

Le soir tombait de plus en plus tôt. Incessamment, les peu-pliers jauniraient. Gemma devait rentrer à Paris. Tu refusais son départ. Elle a parlé de ses obligations, du lycée et de ses cours, de la naissance du bébé de sa fille prévue pour la fin du mois. Tu as parlé de trahison. Elle est partie. Jamais plus tu n'as mentionné son nom. Seulement, tu t'étiolais, pâle, sans envie dans l'arrière-saison. Tu ne riais plus. Parfois un sourire, mais si étroit qu'il m'inquiétait. Et que dire des nuits où tu mourais ! Au début, tu m'as détaillé ton rêve, toujours le même : « Sous un chapiteau grenat, des chevaux font la parade. Une jeune écuyère monte un pur-sang. Dans les gradins, tu t'exclames. Soudain l'animal s'emballe et terrasse sa cavalière. Tu te précipites pour la secourir. À son tour elle te renverse, te piétine. Le chapiteau s'effondre et vous mourez toutes deux étouffées. » Avec le temps, tu n'as plus raconté ton cauchemar. Par contre, au matin, je savais si l'écuyère t'avait foulée aux pieds. Je le devinais à tes plaintes, à ton réveil en sursaut. Puis tu t'enfuyais dans la salle de bains. J'entendais alors un bruit de métal, celui de la boîte dans laquelle tu conservais les photos de Gemma.

Les années se sont écoulées, pas ton attrait pour Gemma. Est-ce que j'exagère, Gaby ? Sans doute ! Je suis si jaloux de tout ce qui t'attire. Au fond, tu aimais Gemma simplement comme on aime une mère.

Je voudrais enfermer ce souvenir dans la boîte avec les visages de Gemma et l'égarer quelque part. L'oublier. Ne revivre que ceux dont tu es le centre. Il y en a tant d'autres, et des beaux ! Ils me devancent. L'un d'eux se détache, plus vif, pareil à un jour frais d'automne. Justement, c'était au mois de novembre que... Inexact ! Attends que je réfléchisse.

* * *

Où avais-je la tête pour me tromper autant ? Guillaume n'est pas né en novembre, mais au printemps. Et puis, il pleuvait. Au milieu du jour, la pluie est arrivée. Ma sœur pourrait le confirmer, elle connaît si bien l'histoire de son fils !

Rosalie attendait un enfant. Tu prenais soin d'elle, le plus possible. À chacune de vos rencontres, tu la dorlotais, prévenant le moindre de ses malaises, de ses soucis. Tu en faisais trop. Tu étais agitée, si anxieuse. Par contre, tu retrouvais une étonnante assurance quand tu t'adressais au bébé. Tu lui inventais des contes au grand plaisir de sa mère qui, doucement, palpait les rondeurs de son ventre.

Les mois passaient, embellissant Rosalie.

Tu te rappelles les jours qui ont précédé la naissance de Guillaume ? Tu devais partir en reportage à Boston. Une entrevue avec ce peintre que tu admirais tant. Tu as toujours placé la peinture au-dessus des autres arts. Qu'importe, tu ne désirais plus cette rencontre. Tu ne voulais pas t'éloigner en un moment pareil. J'ai essayé de te convaincre que tu n'avais aucune raison de t'inquiéter : la grossesse se déroulait normalement et Alain veillait sur sa femme, sur leur petit.

Tu ne t'es pas rendue aux États-Unis. Tu craignais un malheur. Florence, tu pensais à elle, j'en suis sûr.

Le temps de l'enfant est arrivé.

Cette nuit-là, tu faisais les cent pas dans notre chambre quand Alain a téléphoné. Les eaux étaient crevées ; il amenait Rosalie à l'hôpital. Là-bas, tu as continué à arpenter les corridors. Tu marchais, butée dans tes silences. Ton visage avait la couleur des peurs, un blanc crayeux.

L'aube grisâtre ne t'a pas rassurée. On aurait dit qu'elle collait aux fenêtres sans parvenir à franchir les carreaux. Très vite, tu as détourné le regard et tu as repris ta marche de sentinelle.

La lourdeur de l'air appesantissait l'attente qui s'est prolongée jusqu'à midi. Instant béni ! Alain a immédiatement accouru nous annoncer la venue de Guillaume. Il nous embrassait, nous serrait contre lui et, volubile, il ne cessait de louanger son fils, sa ressemblance avec Rosalie.

Adossée au mur, tu pleurais de joie. Les larmes mouillaient ton rire. Tout en toi riait. Mais tu ne désirais pas voir Guillaume, pas tout de suite. Tu préférais l'imaginer quelques instants encore. Après cette confidence, tu m'as entraîné dehors. Les gens circulaient rapidement ; la pluie approchait. Soudain, tu as esquissé un pas de danse, puis d'autres de plus en plus rythmés. Dans une chorégraphie improvisée, tu défaisais tes peurs.

La pluie est arrivée. À l'abri sous la marquise, je t'observais. C'était la première fois que je te voyais danser. Je ne te savais pas douée pour l'exubérance. Tes gestes mesurés, ton immobilité coutumière désamorcent l'élan. Pourtant, ce jour-là, tes pieds effleuraient à peine le sol. Tes bras, eux, retournaient l'air en de généreux arrondis. Tu virevoltais, bondissais. Un ballet venu de je ne sais où.

La pluie ne t'arrêtait pas. Légère, tu poursuivais ta danse. Et ton regard ! Il s'avivait, bleu, intensément bleu. Tu ne te cachais plus derrière tes paupières. De tout ton corps, tu m'appelais. Tu dansais devant moi. Tu dansais pour moi. Je t'aimais.

Gaby, Gaby, la sortie pour Bermont ! Impossible de me leurrer. J'aperçois sur ma droite un immense panneau vert avec les lettres BERMONT. Tu m'entends, ma chérie ? On annonce notre ville dans cinq kilomètres. Je respire mieux. Enfin toi ! J'accélère. J'arrive, mon amour. Tu es mon plus beau souvenir. Tu es ma mémoire et le seul avenir que je veux.

* * *

La nuit est au plus noir. Des images de toi se meuvent sur ce fond étale. Elles peuplent mon univers. Ta présence prend

52

en moi plus de place que mes certitudes ; sinon, pourquoi te parlerais-je ainsi ?

Retiens-moi, Gaby, retiens-moi ! Il ne faut pas que j'accélère. La vieille Cavalier ne tiendrait pas le coup ; mais, surtout, je n'ai nulle envie d'être arrêté de nouveau et de gaspiller un temps fou. Plus que quelques secondes avant de m'engager dans la sortie de Bermont, elle que je guette depuis près de trois cents kilomètres, l'espérant à chaque détour du décor. Ah ! Dieu, la voici ! J'y arrive, j'y suis ! Sa courbe, très prononcée, la rend presque dangereuse. J'aperçois un panneau indicateur avec une seule lettre bien en évidence, un H, majuscule. Bon, je tourne à gauche ; l'autre direction conduit chez nous, vers Lac-aux-Sables. Jamais je n'ai été aussi attentif à la signalisation routière ; d'ordinaire, j'effectue le trajet de façon mécanique. À présent, la route se rétrécit et prend des allures plus urbaines. La circulation se fait moins rapide que sur l'autoroute, moins dense. À intervalles réguliers, des réverbères balaient maintenant la chaussée d'une teinte passée, et la nuit me semble plus claire. Je t'imagine aisément dans la chambre trop petite, aseptisée. Sous l'éclairage artificiel, ton visage pâlit davantage. Je me rapproche du lit. Tu essaies de te lever et tu regardes autour. Tu tends les bras vers l'avant et je te soutiens. Puis, chancelante mais dans une attitude qui t'est familière, tu te blottis contre moi, rassurée. Nous ne parlons pas. Je ne pose aucune question. Nous restons ainsi, alourdis, dans un temps figé, dans un grand bonheur.

Mon amour, mon bel amour, est-ce que je fabule ? On m'en a dit si peu au sujet de ton accident.

Depuis quelques kilomètres, j'avais réussi à ne plus penser au lac ; trêve de courte durée ! Une fois de plus, sa vision m'accapare. Je frémis à l'idée que ses eaux t'ont recouverte. Tu luttes contre le froid, l'engourdissement, la peur. De tous côtés, l'eau te cerne. Tu remues tes membres gourds et, dans l'obscu-rité, tu cries. Tu cries. La lune t'ignore ; moi, je ne t'entends pas.

De quelle façon ta chute s'est-elle produite ? Un déplace-ment brusque, une fausse manœuvre ? Sans doute que la panique t'a incitée à te lever et, en déséquilibre, le canot a versé. Est-ce juste ?

Je m'explique mal ton excursion le soir venu. Tu ne m'as pas tout dévoilé ce matin au téléphone. Mais il y a autre chose. Je crains que cette épreuve ne te fasse répéter les mêmes pa-roles que lorsque la glace s'est dérobée sous ton corps quand tu as voulu sauver Pascal. Je suis noyée, tu disais, c'est ter-rible de mourir par l'eau. Non, ma chérie, tu n'es pas noyée. Tu ne mourras ni par l'eau ni étouffée sous un chapiteau. Tu ne peux pas me quitter. Désormais, les cauchemars ne te bri-seront plus ; je veillerai sur tes nuits. Comme tu as veillé sur maman lors de sa sévère pneumonie. Elle craignait de mourir. Tu te tenais auprès d'elle, la couvrant d'attentions. Avec une tendresse sans borne, tu t'en occupais, la dorlotais. Maman semblait alors moins souffrante et son visage retrouvait la quiétude que je lui connais depuis toujours.

Merveilleuse, oui, tu l'étais dans ton acharnement à récon-forter maman. Je crois que tu as prié, que tu as allumé des lampions. Ta volonté l'a sauvée : maman a vu la saison nou-velle. Toi aussi, tu la verras, elle et les saisons suivantes. Et, l'été prochain, sous le soleil ou au milieu d'une ondée, tu nous cultiveras de fines herbes. Patiente, tu m'enseigneras de nouveau leur saveur, leur nom, et tu t'amuseras du fait que j'ai oublié qu'il existe du basilic d'un rouge très sombre.

Pense à tous ceux qui t'attendent ! Bientôt, tu retrouveras le petit Guillaume et sa mère. D'ailleurs, en ce moment, Rosalie s'occupe de toi, j'en suis persuadé. Elle remonte tes oreillers et elle rafraîchit tes tempes, les effleure d'une serviette humide. Puis, d'une voix enveloppante, elle te fait des confidences. Tu te détends. Ton tourment s'atténue. Dans un climat de confiance, tu te confies peut-être. Seulement, Rosalie ne comprend pas, elle non plus, ta mésaventure d'aujourd'hui.

C'est stupide de te harceler de la sorte, je mine ton énergie. Tu dois reprendre des forces. Ne te préoccupe plus de mes questions. Au fond, je suis responsable de ton état, le seul coupable. Si j'avais été à la maison, l'accident ne ferait pas partie de notre histoire. Je ne devrais pas te quitter chaque semaine. Tous les dimanches, lors de mon départ, tu te sens abandonnée. Je le devine à l'hésitation de ton « Au revoir » ; il ressemble à un soupir, à une peine informulée. J'ai été inattentif. Quel égoïste je fais ! Je n'ai songé qu'à ma carrière. Pardonne-moi mes abandons répétés, irréfléchis. Je te demande de me pardonner. Pour ma part, je ne retournerai plus dans la capitale. Un autre journaliste assumera ma tâche. Dès mardi, j'exigerai ma mutation au journal de Bermont, qu'importent les promotions perdues. Au moins, nous travaillerons tous les deux au même endroit et, pour tes quarante ans, nous nous offrirons l'étonnement des commencements. Tu te reposeras et te changeras les idées. Ainsi, ta fatigue des dernières semaines disparaîtra. Et tu attendras le printemps, la floraison du lilas. Je serai comblé.

J'ai ouvert à demi la vitre de l'auto. L'air tiède me fait du bien. La nuit s'offre dans une grande douceur. Il fera beau demain.

Je viens de m'entrevoir dans le rétroviseur. Ma pauvre chérie, tu devras te contenter d'un Jérôme à la barbe longue et rude, aux traits défaits. Je n'ai pas mon âge, je fais dix ans de plus. Il me reste donc dix années de moins pour t'aimer...

Nous avons parcouru le trajet côte à côte, reliés par le dictaphone. Tout au long, je t'ai parlé ; tu m'as gardé en vie. Mais t'ai-je dit mon amour ? Ai-je réussi à te l'exprimer ? Mieux, à te faire pressentir l'élan qui me porte vers toi ? Je suis à l'aise dans les comptes rendus que je rédige durant la session parlementaire. Pour décrire des faits extérieurs, je possède de l'habileté ; pour l'amour, c'est autre chose. Lorsqu'il est question d'émotions, je perds mes moyens. Pourtant tu demeures mon plus beau sentiment, ce que j'ai de plus vrai. Je t'ai toujours aimée. Autant que je t'aime en cet instant précis de peur.

Malgré mon anxiété, je roule prudemment. Que j'ai hâte de te retrouver ! Déjà, je te vois. Ta tête repose sur l'oreiller. Tes cheveux, ramassés vers l'arrière, dégagent ton front grave, pâle, pareil à ton visage. Tu es semblable aux autres jours et à la fois plus désirable, là, les yeux fermés sur mes craintes. Dis, tu dors ? Il ne s'agit pas de médicaments ou d'incons... Ton souffle est si lent, si fracturé. Tu sembles ailleurs, dans un lieu de brume, hors d'atteinte. Ton immobilité me plonge dans l'inquiétude, pire, dans une impression de danger. Je t'en prie, réveille-toi. Parle-moi. Je n'ai jamais rien trouvé de mieux que le son de ta voix. Je ne pourrais vivre sans cet intime plaisir. Le temps s'engloutirait dans le désordre. Sans doute que je continuerais à travailler ou à m'agiter, seulement, je ne serais plus vivant.

L'hôpital ! J'aperçois l'hôpital Saint-Louis, de l'autre côté du viaduc. Surmonté de ses deux cheminées, il se dessine, massif et solide. Des réflecteurs en avivent le gris. Sur un fond lumineux, la bâtisse se découpe, un amoncellement de pierres derrière lequel...

Vraiment, je cumule les sottises ! Ne m'écoute plus, Gaby : mes propos ne sont que balivernes. Au fond, je me moque des cheminées ou de l'imposante façade. Pour ne plus penser, je raconte n'importe quoi, alors que j'ai tant à te confier. Je me souviens de nos années partagées, des dates, des vents dans l'alternance du nord et du sud, des vents que tu laisses te toucher, de mes retards, de notre engagement l'un envers l'autre. Notre passé, je me le rappelle, au complet. Toi, tu te souviens de... de nous ?

J'amorce un dernier tournant. Quelques coups de volant encore et j'atteindrai le stationnement de l'hôpital. Après t'avoir répété que je t'aime, je fermerai le dictaphone et le glisserai dans ma poche ; plus tard, je te remettrai la cassette. Une fois garé, je me précipiterai dans le hall, les corridors. Puis la porte de ta chambre s'ouvrira. Je n'aurai plus à imaginer l'accident, la manière dont il s'est produit. Je n'aurai plus à t'inventer. Jusqu'ici, je ne pouvais faire autrement. L'inconnu m'était insupportable.

Je serre à droite. À vitesse réduite, je m'engage dans le stationnement. J'ose à peine y croire ! Je me dirige vers l'espace réservé aux visiteurs, près de l'entrée principale.

Je t'aime, Gaby. Je t'aime infiniment. Et si je pleure maintenant, c'est de te retrouver.

Des larmes coulent, serrées. Elles glissent des yeux rougis de Jérôme. Est-ce l'éclat de la lumière qui les suscite ? Ou l'épuisement, celui qui marque le visage de l'homme ? Ou proviennent-elles d'un tourment si profond qu'il est alors impossible de ne pas pleurer malgré la volonté de cesser de le faire ?

Un bruit sec. Le déclic d'un appareil que l'on actionne. La cassette ne tourne plus. Jérôme Collard vient de répéter son geste de la nuit dernière : il a fermé le dictaphone. Tout à l'heure, il voulait écouter la bande afin de comprendre. Sinon, l'absurde le gagnerait, pensait-il. Il l'a écoutée. D'une traite et jusqu'au bout, jusqu'au dernier son, il l'a entendue. Par contre, jamais il n'a semblé autant perdu qu'en ce moment. Et son inertie l'installe dans une sorte de lourdeur. Aucun mouvement ne remue son corps, fût-il léger ou même vague.

– Si je pleure maintenant, c'est de te retrouver.

Il reprend également la phrase formulée il y a une douzaine d'heures. La voix s'étiole. Il y a peu d'assurance dans l'intonation. Un débit plus lent aussi ; une langueur le ponctue. Les mots sortent identiques, mais à la façon dont ils sont prononcés, ils signifient tout autre chose. Jérôme a délaissé un monde de bribes et d'images, la fabulation d'un monologue plein d'espoir. À son arrivée aux soins intensifs, la réalité l'attendait. Après une nuit à veiller sa femme, il ne peut plus inventer. Au début, il a regardé Gabrielle. Elle dormait, paraissait ne pas souffrir. Il l'a embrassée. Puis, en articulant distinctement son nom, il l'a suppliée de se réveiller. Elle n'a réagi d'aucune manière. Les médecins ont expliqué à Jérôme l'état comateux de la patiente, son inconscience profonde. Lui, il s'est tu. Incapable de parler, bouleversé, il s'est tu.

Les heures se sont accumulées. Des heures angoissantes, chacune. Le temps n'a mené nulle part. La mort menace toujours.

Les teintes cuivrées de l'automne éclairent le parc de l'hôpital, l'allée de gravier. Des employés rentrent de leur repas de midi. Ils jasent, sans s'embarrasser des malheurs de l'autre côté des fenêtres. Ils s'entretiennent sans doute du cas de la noyée d'hier. Ils se questionnent, se répondent, alimentant des commentaires douteux. Les rumeurs se transforment. Au gré des humeurs, elles se font, se défont. Elles reviennent, tenaces. Assis de biais, Jérôme ne les entend pas. Il se tient dans la partie ombragée du banc, sous l'érable qui ramage le fer forgé. Un froufrou dans les arbres, très léger, pareil au froissement d'un tissu soyeux. Le vent agite mollement les feuilles. Quelques-unes tombent sur les cailloux, aux pieds de Jérôme cloué sur son siège, étranger à tout ce qui pourrait le distraire de Gabrielle.

– Tu ne t'es pas réveillée.

Ses paroles restent sans écho. Jérôme est seul. Il le sait. Se referme sur l'angoisse qui le fait se courber, se ramasser, étroit, sur son banc.

Une dame âgée passe dans l'allée. Elle avance péniblement, retournant le gravier à chacun de ses pas. Appuyée sur une canne, elle s'arrête devant Jérôme, hésite cependant à le déranger. Puis, à contrecœur, elle va son chemin.

Jérôme n'a pas perçu la scène. Du moins, il n'a pas bougé. Par contre, ses mains sont prises d'un tremblement qui s'accroît sans cesse. Au plus fort de sa nervosité, Jérôme presse le dictaphone. Sa pensée ne peut se détacher de l'image du corps, là-bas, inerte dans le blanc des draps. Sans conscience. Et tous les tubes qui le maintiennent en vie ! Des aiguilles piquées dans sa chair délicate, du sérum mélangé à son sang. Il l'aime tant, sa femme ! Il ne saurait l'aimer davantage qu'en ce jour d'automne. Une conviction qui l'apaise. Il se calme. Glisse l'appareil dans la poche de son veston et replace le rabat de serge. Il tâte à présent la chevalière à son majeur droit, la palpe avec déférence. Son regard s'est posé sur les initiales gravées.

– Nous, c'est pour longtemps, ma chérie. Mais le lac s'interpose constamment entre toi et moi. Je ne...

Un mot, un seul de plus et Jérôme craquera. Ses nerfs lâcheront. Son abattement se transformera en colère et, sous la tension, il éclatera. Il poursuit, ne s'emporte pas pour autant.

– Pourquoi ta sortie sur l'eau ?

Jérôme se lève, fait quelques pas. Sa démarche rappelle celle de la vieille dame, incertaine. Il traîne les pieds ; de la poussière sur ses chaussures déjà d'un gris terne. De dos, il accuse la cinquantaine. La nuit l'a ravagé. L'angoisse l'a pris en charge, le réduisant à n'être plus qu'un homme angoissé, ou quelque chose de semblable.

Le gravier crisse. Jérôme revient s'asseoir à sa place. Il continue de se tourmenter.

– Comment as-tu été découverte ? Sur les lieux, quels soins t'a-t-on prodigués ? Je dois rencontrer ce Naugier. Lui, que je n'ai jamais vu de ma vie, il m'en apprendra davantage que les propos évasifs des policiers. Il le faut !

Un nom et d'avares détails. Voilà ce que Jérôme a obtenu des enquêteurs. À force d'insister, il a également su que le dénommé Naugier travaille à l'Auberge du Lilas, qu'il était de service hier et le sera jusqu'à la fermeture lundi. Grâce à ce serveur, Gabrielle Varin vit encore. Il l'a sauvée ; Jérôme y croit. Malgré les apparences, malgré la gravité de l'accident, il veut y croire.

Dans la clarté d'octobre, Jérôme n'a renoncé ni à comprendre ni à espérer. Il n'est rien d'autre. Le vent doux, de l'ouest, le laisse indifférent. Les émanations provenant des cheminées ne l'atteignent guère plus. Il regarde droit devant lui, sans voir, sans se soucier du bruit à côté du banc.

– Tu vas bien, toi ?

Un effleurement sur la manche du blazer accompagne la question. Une pression fine, souple, semblable à celle d'une ballerine sur le bras de son partenaire.

Ahuri, Jérôme dévisage la jeune femme. Il l'a vue, elle, Gabrielle, son épouse. Elle le touchait en dansant. Elle se dressait sur la pointe des pieds, prête pour un relevé. Dans des assemblés parfaits, elle mimait le vent. Belle, elle dansait pour Jérôme. Uniquement pour lui.

Une sorte d'égarement se lit sur le visage de l'homme, dans ses yeux devenus fous, un instant, le temps d'une hallucination justement.

– C'est moi, Rosalie.

Elle s'assoit près de lui, dans la zone d'ombre. La lumière, qui perce le feuillage par endroits, fait du soleil dans sa chevelure rousse, frisée. Moucheté de taches de rousseur, son visage se tourne vers son frère, se fixe dans cette position. Rosalie reste ainsi, sans brusquerie, dans la douceur du jour. Jérôme lui prend le bras, le serre fort. Soudain, il se met à parler, très vite.

– Ça m'a rassuré de te trouver auprès de Gaby, la nuit dernière. C'est bon de pouvoir compter sur toi. J'apprécie que tu reviennes si tôt. Mais tu n'as pas eu le temps de te reposer. Qui le garde ? Alain travaille aujourd'hui ? Il ne peut pas s'occuper de Guillaume. Je suis si inquiet pour ma femme. Je voudrais prendre sa souffrance, lui donner mon sang, mon souffle. La sauver.

Les phrases sortent, désordonnées, et si précipitamment qu'elles semblent venir d'ailleurs, non pas de sa bouche à peine entrouverte.

Rosalie ne répond pas sur-le-champ. Elle essaie de se retrouver dans le fouillis de questions, de peurs. Durant quelques secondes, elle regarde le profil brisé de Jérôme, son corps alourdi. Puis, d'un ton uniforme, sachant d'avance la futilité de ses réponses, elle réplique.

– Ne te tracasse pas pour le petit, Alain s'en occupe. Il est en congé le samedi.

Elle s'accorde une pause, en arrive à l'essentiel.

– Est-ce qu'il y a un changement chez Gabrielle ?

Il fait signe que non.

– Elle ne m'a pas parlé. Et à toi, Rosalie ?

– Ni à moi ni à personne. Elle ne le peut pas.

– Pourtant ses lèvres se sont resserrées, je t'assure. Une sorte de pincement très léger.

Il s'interrompt, retardant ainsi le moment de désillusion. Bref sursis ; Jérôme poursuit.

– Une contraction involontaire des muscles, n'est-ce pas !
Je ne peux m'y résoudre. La vie sans Gaby, ce ne serait plus la
vie. Dieu, garde-la-moi !

Jérôme se montre si désemparé qu'il en devient pathétique.
Rosalie touche la nuque de son frère, l'effleure avec des gestes
de gamine, identiques à ceux qu'elle esquissait, autrefois,
lorsque Jérôme lui offrait ses friandises ou une promenade à
bicyclette. Chaque fois, elle était tendre. Elle l'est encore, mais
ne sait que dire pour le réconforter.

– Tu es très fatigué ; va à la maison dormir un peu.

– Je ne quitterai pas l'hôpital, même si je ne peux voir Gaby
que quelques minutes à la fois.

– Je resterai, moi. Il faut que tu te reposes. Tu n'as pas fermé
l'œil depuis plus de vingt-quatre heures.

À court d'arguments, elle s'arrête. Réfléchit. La raison n'a
plus prise sur son frère. Rosalie devra l'atteindre ailleurs, dans
des éléments qui concernent Gabrielle.

– De plus, tu rapporterais à Gabrielle sa brosse à cheveux,
son vieux bouquin, des colifichets du genre, si précieux dans
les circonstances. Les personnes dans le coma éprouvent des
sensations, on l'a démontré. Et si l'atmosphère qui les entoure
leur est douce, familière, l'effet ne peut être que bénéfique.

Jérôme, perplexe, se raccroche pourtant aux paroles de sa
sœur.

– Crois-tu ?

– On risque peu à essayer !

– Plus tard. Je verrai en fin d'après-midi. Je pourrais en
profiter pour...

Il ne complète pas sa phrase. Elle la reprend.

– pour...

– ...pour rencontrer le serveur qui a sauvé Gaby. J'ai cent
questions à lui poser.

L'étonnement se lit sur le visage de Rosalie.

– Pauvre toi ! Qu'est-ce que tu apprendras de plus ? Surtout, à quoi ces renseignements te serviront-ils ?

– À comprendre !

Réplique spontanée. Presque un cri. Jérôme s'adosse au banc. Il s'étonne de désirer cela si fort, de le vouloir à ce point. Confondu, il baisse la tête.

– C'est légitime, Jérôme, de vouloir comprendre. Et peu importent tes raisons, si tu t'absentes, je veillerai sur Gabrielle. Mais tu me caches des détails ou bien un fait important. Je te connais, lorsque tu m'évites, je sais que tu cherches à m'épargner.

Dans le calme du parc, immobiles, ils attendent l'un et l'autre. Rosalie, la première, se décide à rompre le silence.

– Dis-moi la vérité.

– Elle t'embarrasserait.

– Nous n'en sommes plus là.

– Tu as raison. Les médecins m'ont parlé d'alcool.

– Gabrielle ? De l'alcool ?

– Si, si.

– Voyons, elle ne boit presque jamais. Qu'est-ce qu'ils ont dit au juste, les médecins ?

– Que mon épouse avait absorbé une quantité considérable d'alcool. Ils sont formels là-dessus.

La jeune femme a peine à y croire. Gabrielle n'aime pas l'alcool. Décontenancée, Rosalie essaie néanmoins de ne pas le montrer.

– Si c'était vrai, qu'est-ce que ça changerait ?

– Gaby ne se portait pas bien ces dernières semaines, elle souffrait d'une sorte de dépression.

– Et puis ?

Avant de répondre, il regarde autour de lui, cherche un appui, du courage. Çà et là, des feuilles colorent le sol de teintes vives. Là-bas, le long de l'hôpital, un homme en fauteuil roulant prend l'air ; un garçon, pas tout à fait sorti de l'adolescence, se dirige vers lui. Deux frères ou des amis. Très vite, Jérôme se détourne d'eux et, nerveux, il tâte le dictaphone dans la poche de son veston.

– Sans alcool, Gaby n'aurait jamais pu s'aventurer sur le lac : l'eau l'effraie trop. En buvant, elle engourdissait sa peur et, du coup, sa décision lui devenait possible.

– Je ne te suis pas.

– Ou tu n'oses pas me suivre ?

– Ton histoire n'a aucun sens. Selon ton raisonnement, Gabrielle aurait tenté de... de se...

– Le terme te gêne, toi aussi. Je crains que Gaby ait cherché à mourir. Qu'en penses-tu ? Je délire ou quoi ?

Les secondes passent, tristes. Près de l'édifice de pierre, assis dans son fauteuil roulant, l'homme embrasse le bel adolescent qui s'est penché vers lui. Ils s'étreignent, longuement. Ils demandent peu. Se retrouver leur suffit. Ils se fabriquent un bonheur, lequel n'atteint pas Rosalie, accaparée à trouver ses mots.

– Gabrielle vit, le reste n'importe guère.

Soulagé par la remarque, Jérôme joue dans les boucles rousses. Il les déroule, les reforme aussitôt. Rosalie lui sourit, poursuit.

– Par contre, je pense que tu es épuisé ; à ce rythme-là, tu ne tiendras pas deux heures de plus. Et puis, je suis convaincue que tu n'as pas mangé depuis longtemps.

– J'ai bu du café. Plusieurs cafés bien noirs.

– Ça ne nourrit pas beaucoup ! En attendant de te rendre à la maison, si tu allais prendre une bouchée à la cafétéria ?

Il regarde sa montre et, mécontent de lui, d'un bond, se lève. Jérôme ignorait qu'il se faisait si tard. Seulement, Gabrielle, il ne l'a pas oubliée pour autant. Elle est ici, maintenant, avec lui.

– Non, j'ai perdu trop de temps. Je retourne voir ma femme.

– Va d'abord manger un morceau. Nous nous rejoindrons aux soins intensifs, d'accord ?

– Bon, bon, Rosalie, si tu insistes. Je prendrais peut-être un autre café à la condition que tu te rendes immédiatement auprès de Gaby.

Déjà, elle marche en direction de l'hôpital. Elle coupe à travers le parc. Rosalie avance à petits pas vifs, agiles et volontaires. Ses cheveux flottent autour de sa tête, dans le soleil de ce début d'après-midi.

Tout près derrière, Jérôme la suit.

Dans le sillage mouvant de sa sœur, il accélère. Bientôt, à son tour, il ouvrira la lourde porte de verre qui donne sur le hall, sur l'angoisse.

Roger

*On n'a droit qu'à un
seul tour de manège.*

Woody ALLEN.

L'avant-veille de l'Action de grâces,
à la fin du déjeuner

Il réchauffe le café. Dans la tasse à demi vide, il verse du café noir, fumant.

– Vous ne désirez toujours pas de crème, monsieur ?

– Merci. Avec une bonne pipe, je le préfère nature.

Après avoir changé le cendrier, Roger enlève quelques miettes, rajuste la nappe. Il a le geste facile et empressé, bien que légèrement affecté. Il esquisse un sourire retenu, celui des convenances, puis se retire. Il se dirige vers le fond de la salle, là où deux autres serveurs attendent.

Roger Naugier marche la tête haute, le corps dressé dans son vêtement blanc. Garçon de table en chef à l'Auberge du Lilas depuis l'ouverture, il aime son métier. Il voit tout et connaît le moindre rouage de la maison. À l'occasion, il saurait remplacer le chasseur ou Barbara à la réception. L'indispensable Roger, se plaît-il à dire en palpant son nom brodé sur la poche de sa veste.

À présent, il a rejoint ses camarades. Il dépose délicatement la cafetière sur le réchaud et poursuit le récit amorcé plus tôt.

– Vraiment, l'idée de l'accident ne tient pas ! Cette femme, je ne l'ai jamais vue sur le lac. Croyez-moi, on l'a forcée à y aller.

Jean-Pierre, l'un des serveurs, s'empresse d'intervenir.

– Je trouve que tu sautes rapidement aux conclusions.

Impatient d'entendre d'autres détails, Claude l'interrompt.

– Continue ton histoire, Roger. Respirait-elle encore lorsque tu l'as trouvée ?

– Du tout ; on l'aurait crue morte.

– Tu as dû paniquer ?

– Moi ? Pour qui me prends-tu ?

Une pause. Roger est vexé, laisse-t-il croire. Pourtant, de nouveau, il parle.

– Sans hésiter, je lui ai fait la respiration artificielle.

– On dit que l'ambulance a mis du temps à venir. D'ailleurs, qui l'a appelée ? Toi ?

À la question, Roger répond d'un ton suffisant.

– Voyons, j'étais trop occupé à sauver la femme ! Barbara a téléphoné aux ambulanciers et ils... Excusez-moi, les clients de la table 18 me font signe.

Roger boutonne son veston. Puis, d'une démarche digne, il s'avance vers ceux qui le réclament près de la baie vitrée. Une salle à manger déserte. Presque. De rares clients étirent leur café. Après le repas, la plupart des vacanciers ne se sont guère attardés. Ils cherchaient à profiter des douceurs d'octobre. Mais... personne sur le lac. Le drame d'hier inquiète, nul doute. On en discute. On appréhende le pire pour la pauvre femme. Seulement, on voudrait en savoir davantage. De même pour le personnel de l'auberge et les gens du village.

Au passage, par habitude, Roger replace une chaise, ramène un vase d'œillets au centre d'un bahut. La pièce regorge de lumière. La clarté du jour s'y engouffre, accentuant la richesse des boiseries aux tons d'acajou. Malgré l'étroitesse des lieux, une impression d'espace se dégage. Sensation accrue par la vue qui donne sur le lac. Celui-ci, bordé d'un seul côté par une falaise abrupte, s'étale, calme. Rien n'y fait obstacle, ni la véranda, laquelle double la façade de l'auberge, ni la bande de plage. Par un jeu de miroirs, le lac recule l'horizon, l'agrandit. Et par temps clair, au couchant, le soleil s'y perd.

Avec son sourire poli de tout à l'heure, Roger salue le vieil homme qui, sans agitation, fume sa pipe. Il longe la table et s'arrête à la suivante, la 18.

– Madame, monsieur, que puis-je pour vous ?

Le couple le regarde, gêné. Surtout elle. Une femme sans âge, petite, quelconque dans sa robe d'étoffe laineuse. Lui, la cinquantaine, le teint rougeaud, semble plus vivant. À mesure qu'il parle, sa voix gagne en aisance.

– Mon épouse et moi, nous vous avons entendu jaser de la noyade avec vos camarades. D'ailleurs, depuis notre arrivée ce matin à l'auberge, le sujet se retrouve sur toutes les lèvres. Avez-vous des nouvelles de la dame ?

Dans un élan à peine contenu, Roger ne tarde pas à les renseigner.

– Oui, oui. À vrai dire, non. À la radio, on annonce qu'elle est dans le coma et que les médecins refusent encore de se prononcer quant à ses chances de survie.

La femme laisse échapper un murmure.

– Quelle triste histoire ! Dommage que nous n'ayons pas été ici, j'aurais pu aider. Je suis infirmière. Disons, une...

D'un mouvement économe, elle remonte un châle sur ses épaules, complète sa pensée.

– ...une infirmière privée.

À l'instant, son mari ramène près de lui une canne et considère l'objet avec une pointe de dépit qui ne dure pas.

– C'est vous qui avez trouvé la noyée, n'est-ce pas ?

– Vous avez entièrement raison, monsieur. C'est moi qui ai trouvé madame Gabrielle.

L'homme enserre sa canne. Avec aplomb. Quoique saccadé, son ton ne marque plus d'hésitation.

– Vous l'appelez par son prénom ! Vous la connaissiez donc ?

– Très bien. En fait, je la nommais toujours ainsi : madame Gabrielle. Elle était cliente de l'auberge, plus précisément de la chambre 29. Barbara lui gar...

Roger bafouille. Il vient de commettre une bévue. Il le sait. Heureusement, l'homme ne relève pas sa remarque, car il enchaîne.

– Différentes versions courent. Certains avancent que la femme aurait bu. Est-ce possible ?

Roger croise les mains derrière son dos. Les décroise l'instant d'après. Ainsi le ferait quelqu'un de vaguement embarrassé.

– Bien sûr, je pourrais vous en conter long, mais...

– Personne n'est mieux placé que vous pour relater l'événement d'hier.

Avec l'emportement gauche des timides, la femme interrompt son mari.

– Voyons, Raymond, nous dérangeons ce jeune homme !

– Aucunement, madame, je suis à votre service.

Réplique immédiate. Et déterminée. Roger n'a su contenir son empressement. Il craint que l'intervention de la dame ne compromette la narration du récit. Serveur affable, apprécié de tous, Roger n'a qu'un défaut : il est bavard. Hâbleur serait plus juste. Sa découverte de la veille n'a rien pour atténuer son penchant. Depuis hier, les gens le réclament. Le questionnent, admiratifs. Ils le considèrent en véritable héros. Roger pince les lèvres, ravi. Il ne demande qu'à recommencer l'histoire, ajoutant un détail ou une subtile nuance. Ainsi, chaque version s'améliore. La première remonte à l'interrogatoire des policiers.

Après, Roger n'a cessé de la reprendre. Et maintenant, il s'apprête à la répéter pour le couple désœuvré.

Très droit, Roger joue avec son nœud papillon. La fébrilité le gagne, l'emporte.

– C'est juste, je suis le mieux placé pour parler de la tragédie.

L'homme, d'un air entendu, demande.

– Allons, racontez-nous ! C'est incroyable, particulièrement pour la saison.

En écho, un chuchotement plaintif. La femme, ne voulant être comprise que par son mari, s'exprime à voix basse.

– Raymond, n'insiste plus. Ce jeune homme craint probablement d'importuner le client à la table voisine.

– Monsieur Hoskin ! Je ne crois pas.

Roger a emprunté un ton ferme, sans équivoque. Il connaît le vieil homme. Depuis des années, monsieur Hoskin séjourne à l'Auberge du Lilas. Il arrive à la mi-septembre et ne repart qu'à l'Action de grâces. Solide pour ses soixante-quinze ans et élégant dans son complet de tweed, il ressemble à un gentleman anglais. Il parle peu. Entend difficilement, pense-t-on. Monsieur Hoskin ne recherche guère la compagnie. Il passe son temps en courtes promenades sur la grève. Parfois, il s'assoit devant un cognac sur la véranda. Il ne semble s'ennuyer d'aucune façon. Perdu dans ses pensées, il fume sa pipe et regarde vers le lac. Comme il le fait présentement, ce qui rassure le serveur.

– Je suis convaincu que nous ne le dérangerions pas.

– Alors, vous pouvez nous décrire l'événement ?

– Si vous y tenez, monsieur.

– Je me nomme Raymond Lacoste. Je vous présente mon épouse, Jeanne.

Le garçon de table incline la tête. Il dissimule à peine le plaisir qu'il éprouve à entreprendre le récit. Il regarde autour de lui, s'éclaircit la gorge. Monsieur Hoskin ne bronche pas. Si ce n'était le faible mouvement des lèvres sur la pipe, on le croirait de marbre. Attentif, monsieur Lacoste s'adosse confortablement à son siège. Sa femme, elle, enveloppée dans son châle, reste ainsi, immobile, sans attente.

Nul bruit ne parvient à la salle à manger. Le silence. Heure creuse des après-midi. L'air de la rive s'introduit par les fenêtres entrouvertes. Le calme d'octobre, du lac qui se perd dans un miroitement de verre.

Debout et fier devant son auditoire, Roger bombe le torse, se compose un personnage, une voix. Et il entreprend le récit de Gabrielle Varin.

Le drame, dont j'ai été témoin, a commencé hier. À 18 h 20, précisément. Je m'en souviens, car il ne restait plus que dix minutes avant l'ouverture de la salle à manger. Je vérifiais les couverts ; je le fais soigneusement à chaque repas. J'aime les tables bien dressées, impeccables. Donc, j'accomplissais ma tâche lorsque j'ai été distrait par des bruits inhabituels provenant de l'extérieur. Je me suis avancé vers la baie vitrée, jusqu'à la table que vous occupez. Le soir tombait. Déjà les réflecteurs éclairaient la plage et le bord du lac. Il n'y avait personne devant l'auberge. Les vacanciers se reposaient dans leur chambre avant le dîner. Le calme plat, quoi. J'allais retourner à mes occupations quand j'ai aperçu une forme qui bougeait dans l'eau. J'ai compris qu'il se passait quelque chose d'anormal. Malgré mes obligations, j'ai laissé mon travail en plan et j'ai couru vers le lac.

À mesure que j'approchais du quai, la scène se précisait : de toute évidence, quelqu'un se noyait. Une embarcation renversée me l'a confirmé. À bout de force et sans doute engourdi par le froid, l'individu se débattait de moins en moins. D'instinct, je me suis lancé à son secours. Je me revois dans l'eau, l'automne, tirant une masse vers la terre ferme. Le trajet m'a paru interminable. Pourtant, il n'a duré que quelques instants. Enfin le rivage ! Pour lui donner plus d'air, j'ai retourné le corps sur le dos. Et j'ai découvert madame Gabrielle, la figure ruisselante, pâle sous le réflecteur. Je l'ai reconnue sans peine, surtout à cause du point sur la joue. Étendue sur le sable, elle ne respirait plus. Je redoutais le pire. Je devais agir vite. Très vite.

J'ai commencé à lui faire la respiration artificielle. En dépit de mes soins, elle ne respirait pas plus.

Autour de nous, les vacanciers s'amassaient. Barbara, la réceptionniste, leur a crié de reculer. Ensuite, elle m'a dit de persévérer, que l'ambulance arriverait bientôt. Non, c'est l'inverse. Barbara m'a d'abord parlé des ambulanciers ; après, elle a demandé aux gens de se disperser. Elle m'encourageait à tenir bon. Obstiné, je continuais le bouche-à-bouche. Je voulais arracher la noyée à la mort. Soudain, elle a toussé, craché de l'eau et commencé à respirer. Sa poitrine se soulevait avec effort. Puis, le mouvement est devenu plus régulier. De nouveau, son cœur battait. J'avais réussi ! J'ai entendu des « Bravo », des « Quel courage ! » Madame Gabrielle vivait, mais j'avais l'impression qu'elle n'était pas avec nous. Elle paraissait endormie. À plusieurs reprises, je l'ai appelée par son nom. Elle ne se réveillait pas.

J'étais encore penché au-dessus d'elle lorsque les ambulanciers sont arrivés avec une civière et tout leur appareillage. Sans tarder, je leur ai remis la situation entre les mains. J'étais tout mouillé, l'effort m'avait vidé de mon énergie, vous pensez bien. Une de leurs premières actions a été d'envelopper madame

Gabrielle dans une couverture, à cause de sa chute dans l'eau froide. Il paraît qu'on peut mourir d'un abaissement trop prononcé de la température du corps. Les ambulanciers ont utilisé le terme de... de... Je l'ai oublié, j'ai trop d'idées dans la tête. Un seul des deux hommes m'a signifié que j'avais été compétent dans mon intervention. À ma question concernant l'état de madame Gabrielle, il a répondu qu'elle était dans le coma. Je n'ai pas eu droit à plus d'égards ni de détails. Le reste, je l'ai appris par la radio. Vous comprenez, les hommes devaient procéder avec céliré... avec célérité. Mais, compte tenu de mon rôle dans l'affaire, ils auraient pu me donner d'autres renseignements ou quelques précisions. Que voulez-vous !

Je ne suis pas un émotif. N'empêche que depuis hier, sans cesse, ces images me reviennent : l'ambulance file à vive allure avec ses gyrophares, le son aigu de sa sirène, la noyée, là, sur la plage, inerte, son sort reposant sur mes épaules ; puis, moi, transi, mouillé jusqu'aux os et plutôt fier de ce que je venais d'accomplir. J'avais sauvé madame Gabrielle.

Roger arrête de parler, laissant la place à l'écho de ses dernières paroles. Pour lui, il n'y a plus que la résonance de sa bravoure. Il est entièrement rempli de son exploit. Les sourcils légèrement froncés, il attend, solennel, vaniteux. Il surveille son public, les réactions. Madame Lacoste s'agite enfin.

– Pauvre femme ! Je la plains.

Troublé par une émotion passagère, l'homme prend le bras de son épouse, le caresse.

– S'en sortira-t-elle, chérie ? Elle ne respirait plus et, tout à coup, elle reprend vie. Explique-nous le phénomène.

Pudique, madame Lacoste se dégage. Elle a le geste posé. Contrairement à sa voix.

– Elle a sûrement été victime d'un arrêt cardiorespiratoire.

– Mais alors, Jeanne ?

Avec le ton indécis de ceux qui n'ont pas l'habitude de se mettre de l'avant, elle précise.

– La basse température de l'eau a provoqué, chez elle, de l'hypothermie, ce qui a eu raison de ses forces. Et elle a cessé de lutter. Après, elle s'est noyée. En lui faisant la respiration artificielle, monsieur l'a réanimée : son cœur s'est remis à battre, sa respiration est revenue. Cependant, si je me fie aux propos de l'ambulancier, l'infortunée serait demeurée comateuse ou, en d'autres mots, dans une sorte d'inconscience.

Aucune condescendance dans la manière d'expliquer. Aucun étalage non plus d'un certain savoir. L'éloquence de cette femme tient de la simplicité, ce qui n'émeut nullement Roger, entièrement mobilisé par sa propre personne.

– Moi qui pensais l'avoir sauvée ! Gardera-t-elle des séquelles, selon vous ?

– D'abord, il faudrait qu'elle survive. Quant aux conséquences, ça dépend de la durée pendant laquelle son cerveau a été privé d'oxygène. À vous écouter, je crois que vous avez réagi assez rapidement pour la sauver, néanmoins...

– Continue, Jeanne. Continue.

– À mon avis, ce serait miraculeux si la malheureuse s'en sortait indemne. Je ne m'avance pas plus. Dans ce genre de cas, tout est possible, même un miracle !

Des frissons la secouent. Une tristesse passe dans le mouvement des mains qui croisent le châle sur la poitrine. Sa gorge s'est nouée.

– Savez-vous à quel hôpital on l'a conduite ?

– Oui, madame, les policiers m'ont... Je ne vous ai pas parlé des policiers ! Où ai-je l'esprit ?

Partout dans la pièce, le silence. En suspens. Et lourd. Celui de l'anxiété que la clarté du jour rend étrange. Presque importune. C'est dans cette atmosphère, et avec l'empressement d'un gamin impatient, que Roger entame la suite.

Eux, les policiers, tour à tour, ils m'ont félicité. Selon ces individus, je mériterais une médaille de civisme. Vous savez, je ne cherche pas les honneurs. Je n'ai accompli que mon devoir. Mais imaginez les retombées pour l'auberge ! J'ignore qui entreprendra les démarches pour la médaille. Tiens, je devrais en discuter avec les agents, ils doivent repasser aujourd'hui.

Je disais donc que les policiers sont venus. Dès qu'un événement aussi louche survient, on les appelle, c'est normal. Ils sont arrivés peu après l'ambulance et, sans perdre de temps, ils ont protégé la scène de l'accident... ou du crime. Regardez, sur la plage, sous les lampadaires, voyez-vous les galons jaunes ? Sur votre droite, madame, là. C'est précisément l'endroit où j'ai fait la respiration artificielle à madame Gabrielle. Le reste des opérations, ça ressemble à un film policier. Jamais je n'aurais pensé vivre une pareille aventure ! Les services techniques sont entrés en jeu : l'identité judiciaire, les photographies, la recherche des pièces à conviction. Et le plus important, l'interrogatoire du principal témoin : moi, évidemment. Je trouve qu'ils n'ont négligé aucun aspect. Ils m'ont posé une série de questions, et de différents ordres. J'ai répondu du mieux que je le pouvais, pas simplement avec un oui ou un non. Par mes explications, je contribuais à résoudre l'énigme. J'ai fait de la véritable assistance judiciaire. Pendant qu'on m'interrogeait, les services techniques poursuivaient leurs investigations. Un réel branle-bas de combat qui a duré longtemps.

En dépit de tous les procédés judiciaires, l'enquête n'est pas terminée. Puisque la victime vit, il faut recueillir son témoignage, ça va de soi. Par contre, vu sa situation, je veux dire son coma, les forces de l'ordre ne peuvent pas la questionner. D'ailleurs, ils n'ont pas accès aux soins intensifs. Les médecins leur refusent l'entrée, prétextant l'état critique de la patiente. Un animateur de radio en a parlé. Pour ma part, je demeure convaincu que les policiers savent très bien ce qui s'est produit. Sinon, ils auraient monté la garde la nuit dernière, question de préserver les lieux et le plus petit indice. On ne leur en montrera pas. Ils penchent sans doute, eux aussi, vers l'hypothèse du meurtre. Bien sûr, ils gardent le secret. De vrais professionnels ! N'empêche que le public ne reçoit que des bribes d'information. Croyez-en mon expérience, les rumeurs démarrent ainsi. Les gens inventent n'importe quoi parce qu'ils sont mal renseignés. Moi, j'irai directement aux sources. Lorsque les policiers viendront, je leur demanderai s'il y a eu des développements.

De nouveau, Roger s'est tu. Il cligne des paupières, ébloui par la lumière. Les bras le long du corps, il s'enivre de son importance. Il ne parle plus. Espère on ne sait quoi.

Quelques instants s'écoulent, vides du moindre bruit, avant que madame Lacoste ne s'adosse à la baie vitrée. Elle le fait avec la lenteur d'un convalescent. Elle est pâle.

– Tu te sens bien, Jeanne ?

Raymond Lacoste prend la main de son épouse, la serre très fort. Il cherche des paroles rassurantes. Ne trouve que des banalités.

– Cette histoire te bouleverse trop. Un alcool te redonnerait du teint.

L'a-t-elle entendu ? En tout cas, elle le fixe.

– Je manque d'air. Si on allait sur la véranda prendre un digestif ?

81

De la table voisine, une voix s'élève, paisible, profonde, et qui n'a pas le ton chevrotant qu'ont parfois les vieillards.

– Judicieuse suggestion ! Si vous n'y voyez pas d'inconvénients, je me joindrais à vous pour le cognac.

Incrédules autant que confus, tous, d'un mouvement quasi concerté, se tournent vers monsieur Hoskin qui, tranquillement, continue de parler.

– Effectivement, nous serions mieux sur la véranda pour discuter. Quelques points concernant l'aventure d'hier demeurent obscurs. Vous seriez aimable de m'instruire, mon garçon.

Roger ne bronche pas. Seulement, sa façon de bredouiller trahit sa stupéfaction.

– Si... si je peux vous aider, monsieur Hoskin, je le ferai avec plaisir.

Le vieil homme range sa pipe, se lève. Racé et d'une amabilité dépourvue d'artifices, il présente le bras à la dame.

– Vous permettez, madame Lacoste ?

– Vous connaissez mon nom !

– J'ai entendu votre conversation. On ne se méfie pas assez du vieux loup solitaire que je suis.

Il a maintenant un large sourire. Elle, elle rosit et ses traits se détendent, s'animent. Sans être belle, elle a le charme des femmes qui exigent peu. Quelques égards, une attention particulière en prononçant leur nom, leur suffisent.

À présent, ils marchent côte à côte. Leurs pas s'accordent, petits et serrés sur le carrelage luisant. Derrière le couple, le son creux d'une canne, le chuchotement des serveurs mêlé à celui de Roger.

Le hall de l'auberge et les deux salons en enfilade abritent une atmosphère feutrée. Sur la véranda, le jour se répand, généreux. Le soleil tapisse la longue pièce et les fauteuils de rotin aux coussins fleuris. Dans l'air, une pointe de fraîcheur arrive du lac. Au printemps, les lilas doivent embaumer les alentours de leurs fleurs violacées. Les arbustes s'agrippent, trapus, aux flancs de la bâtisse pendant que leurs feuilles, encore vertes, nient la saison.

Dans la lumière d'octobre, chacun s'installe, choisit un digestif, sauf madame Lacoste qui hésite. Elle n'a aucune préférence. Par manque d'habitude, sans doute.

– Excellent, le Courvoisier ! Vous devriez vous laisser tenter, ma chère dame.

La prévenance du vieil homme la touche. L'éclaire aussi. Sans tarder, elle se tourne vers les serveurs. L'un s'avance vers elle avec un plateau de verres ; l'autre, avec des bouteilles. Elle n'a pas retenu le nom.

– S'il vous plaît, je prendrais le même alcool que monsieur Hoskin.

Elle gagne en assurance. S'enveloppe moins dans son châle qu'elle rejette vers l'arrière. Sitôt servie, du bout des lèvres, elle goûte le cognac. Un sourire lui vient. Tout naturellement.

– C'est fort, mais très agréable. Merci pour le conseil.

Le vieil homme l'observe, attendri. Il devine des peines secrètes. N'ose s'y attarder, et s'adresse à Roger.

– Vous racontez bien, mon garçon. Toutefois, des éléments m'échappent. Entre autres, la dame que vous avez sauvée, était-elle âgée ? Je l'ai à peine entrevue hier soir.

Roger pousse un soupir d'aise. Visiblement, il craignait que l'arrivée du vieillard ne lui dérobe sa place, son public.

– Croyez-en mon expérience, c'est difficile de donner un âge à une femme ! S'il le faut, je risquerais qu'elle avait une trentaine d'années.

– Moi, ma principale préoccupation concerne le meurtre. Vous y avez fait allusion à quelques reprises. Sur quoi basez-vous votre hypothèse ?

Monsieur Lacoste allonge sa mauvaise jambe. Il attend maintenant que Roger lui réponde.

– Je le disais tantôt à mes camarades, pendant cinq ans je n'ai pas vu une fois madame Gabrielle se promener sur le lac. Donc, hier, on l'y a forcée. On voulait la supprimer, c'est évident. D'ailleurs, dans la matinée de vendredi, j'ai constaté que quelqu'un rôdait aux abords de l'eau. Ah ! non, j'ai oublié de le mentionner aux policiers ! J'étais sous le choc. Vous comprenez, de tels événements troublent nécessairement. Quand je reverrai les agents, je leur parlerai de l'individu ainsi que de la médaille.

D'un mouvement rapide quoique très étudié, Roger pivote vers monsieur Hoskin.

– Vous savez, il paraît qu'on va me décerner une médaille.

L'expression amusée du vieillard ne trompe pas.

– Pour votre bravoure, oui je sais. En ce qui a trait au rôdeur, c'était peut-être moi. Je me promène régulièrement sur la grève.

– Voyons, monsieur Hoskin, je vous aurais reconnu, vous, un si fidèle client ! De toute façon, je suis persuadé qu'il s'agit d'une tentative de meurtre. Une belle femme comme madame Gabrielle, seule à longueur de semaine, le mari qui travaille au loin. C'est sûrement un amant jaloux qui a tenté de l'assassiner.

– La dame est mariée ! Connaissez-vous son conjoint ?

L'intérêt soudain de madame Lacoste enchante Roger.

– Bien sûr, et je le reconnaîtrais n'importe où. Certains samedis, madame Gabrielle et lui sont venus dîner à l'auberge. Si vous l'aviez aperçu ! Il ne s'occupait que de sa femme. Il ne me voyait pas ! Un mari parfait, excepté qu'il était toujours parti, d'où mon allusion à l'amant. Je n'insinue pas que madame Gabrielle n'aimait plus son mari ; cependant, compte tenu de ses absences, c'est normal qu'elle ait pris des amants.

Jeanne Lacoste semble préoccupée par une autre idée. Elle dépose son verre, le reprend et boit avant de risquer sa question.

– Savez-vous si elle a des enfants ?

– Elle ne l'a jamais mentionné, pourtant je suis convaincu que non. Madame Gabrielle n'avait pas le tempérament d'une mère. Elle ne devait pas aimer les enfants, je le sens.

– Je vous trouve très catégorique, jeune homme. Une femme peut, pour mille raisons, ne pas avoir d'enfants et néanmoins en désirer.

La voix de Jeanne Lacoste s'étrangle. Les mots qui suivent sortent à peine articulés.

– Pour une femme, seul l'enfant offre une garantie contre l'âge et la déception. Mais moi, je n'ai pas le bonheur d'en avoir.

Par saccades, monsieur Lacoste martèle le parquet du bout de sa canne. Un mélange de crainte et d'agacement durcit son expression.

– La digression sur les enfants ne mène nulle part. Elle ne nous apprend rien sur le fait que la noyée pourrait avoir bu.

Vaguement froissé par la remarque, Roger hausse les épaules.

– Question drôlement complexe ! Il faut que j'élabore. Pour hier, je ne peux pas vous l'affirmer. Je n'y ai pas prêté attention : j'étais trop affairé. Toutefois, lorsque madame Gabrielle venait manger à l'auberge avec son mari, elle refusait tout alcool, y compris l'apéritif. Ça lui donnait des brûlures à l'estomac, disait-elle. Par contre, quand elle louait la chambre 29, elle commandait une bouteille de vin rouge que je retrouvais vide après son départ. Admettez qu'il y a contradiction. Je ne voudrais pas partir de ragots, mais un tel comportement s'y prête. Hélas ! le commérage existe partout.

– Si j'ai bien saisi, cette dame résidait dans la région puisqu'elle venait de temps à autre dîner ici avec son époux. Alors pourquoi louait-elle une chambre ?

Un timbre empreint de compassion. Monsieur Hoskin questionne davantage par inquiétude, ou un sentiment proche de cet état, que par curiosité. Seulement, pour Roger, c'est égal.

– Une étonnante histoire, je vous l'accorde. Je ne la comprends pas complètement. Avouez que c'est inhabituel une femme qui réserve une chambre d'auberge alors qu'elle habite tout près. Reste que, d'ordinaire, je me montre plus perspicace.

– Ne vous faites pas trop de souci, mon garçon. Chaque humain possède ses secrets et rares sont ceux qui y ont accès. Par ailleurs, si votre travail vous laisse quelque disponibilité, vous pourriez nous raconter. Ensemble, nous parviendrons probablement à avancer dans le labyrinthe. Sans en connaître la raison, j'éprouve beaucoup de sympathie pour cette dame qui pourrait être ma petite-fille.

Roger ne répond pas à monsieur Hoskin. Pas tout de suite. Il regarde les alentours, s'assure qu'aucun vacancier ne réclame ses services. Seul un couple est revenu d'excursion. Accroupis sur la plage, leurs espadrilles à demi enfouies dans le sable, ils contemplent le lac. L'esprit tranquille, Roger s'appuie contre le parapet.

– Et on ferait progresser l'enquête !

Personne n'ajoute un mot, ni n'amorce un rire, fût-il retenu. Porté par le doux temps, l'après-midi coule au rythme ralenti de l'automne. Une tiédeur couvre la véranda. Le vieil homme bourre sa pipe pendant que Raymond Lacoste cherche une position plus confortable. Sa jambe le fait souffrir, doit penser son épouse qui, distraitement, sirote son cognac. Les serveurs, eux, se font discrets par crainte d'être assignés à d'autres tâches par Roger, lequel les a oubliés, plongé qu'il est dans la vie de Gabrielle Varin.

J'ai connu madame Gabrielle il y a plusieurs années. C'était le jour d'ouverture de l'auberge même si les travaux n'étaient pas entièrement complétés. On attendait nos premiers clients pour le week-end. Le mois de mai tirait à sa fin. L'air sentait bon. Le long de la véranda, des lilas fleurissaient. Sur le coup de midi, j'ai aperçu une femme sur la grève. Je l'ai remarquée parce qu'elle transportait un attaché-case. N'allez pas vous imaginer que je suis sexiste ! Ce qui faisait étrange, c'est qu'elle portait des blue-jeans. On a davantage l'habitude de voir des hommes en complets-veston trimballer des mallettes.

Je disais donc que j'avais observé la dame. Elle marchait lentement sur la plage, s'arrêtait souvent face au lac. Puis elle s'est approchée de l'auberge et, là, s'est attardée aux lilas. Elle n'en finissait plus de les contempler. Elle est restée si long-temps que j'aurais pu croire qu'elle était venue jusqu'ici pour ces simples fleurs ! Soudain, elle a pénétré à l'intérieur et a déclaré qu'elle voulait voir les chambres à l'étage. Toutes les chambres.

Malgré notre étonnement, Barbara et moi on n'a pas bronché. On a du métier. On sait comment agir avec les clients excentriques. Dans la mesure du possible, on ne pose pas de questions. On essaie plutôt de satisfaire leurs caprices.

Puisque aucune chambre n'était occupée, j'ai conduit la dame à l'étage. Pendant la visite, elle ne m'a pas adressé la parole, ne m'a pas regardé une seule fois. J'avais la désagréable sensation de ne pas exister pour elle. Une femme hautaine, froide, qui n'a d'intérêt que pour les personnes de son rang. Elle devait me prendre pour le chasseur. Il y avait méprise et j'ai laissé courir. D'ordinaire, je ne tolère pas les erreurs. Enfin, passons !

On avait à peine visité quelques chambres lorsque j'ai ouvert la porte du 29. Dès le seuil, la dame a lancé : « C'est cette chambre que je cherchais. » Je me rappelle la phrase à cause de la formulation. Si la cliente s'était contentée d'affirmer que c'était cette chambre-là qu'elle voulait, passe encore, mais non, elle la « cherchait ». Je n'avais jamais entendu une telle expression à propos d'une chambre. D'ailleurs, je ne comprends toujours pas pourquoi elle la « cherchait ». Nos chambres se ressemblent toutes. C'est sûr, la couleur des tentures assorties à l'édredon et les bibelots varient. Il y a aussi la vue qui diffère d'une chambre à l'autre, bien que chacune offre un panorama remarquable. Mais on ne va pas à l'hôtel uniquement pour le coup d'œil ! Décidément, il y a des individus aux idées saugrenues !

En tout cas, pour la première fois depuis son arrivée, la dame semblait contente. Contente, quel grand mot ! J'emploie celui-ci uniquement parce qu'elle paraissait moins arrogante. J'en ai profité pour la prévenir que la salle à manger n'ouvrirait que le surlendemain, mais qu'on pouvait lui monter un léger repas. Elle a répliqué que cela lui était égal ou quelque chose du genre. Puis elle a déposé sa mallette sur le lit. J'ai pensé qu'elle lui servait à transporter de menus objets de toilette et des vêtements pour la nuit. Vous savez, madame Lacoste, la lingerie fine qui tiendrait aisément dans la poche d'un veston ? Je n'arrivais pas à croire que la dame venait pour travailler. Dans ce genre d'établissement, les gens logent rarement par affaires : ils laissent leurs soucis à la maison. Ici, nous privilégions la détente qui va de pair avec notre hospitalité. Et j'y veille de pied ferme, croyez-moi. Je me trompe ! La cliente n'a pas déposé son attaché-case, elle l'a gardé avec elle jusqu'à la fenêtre d'où elle s'est mise à fixer le lac. Après un bon moment, elle est descendue à la réception s'inscrire. Ensuite, elle a regagné sa chambre, s'y est enfermée. Plus tard, peut-être une trentaine de minutes, la dame a commandé une bouteille de vin, du rouge, n'importe lequel. Je me suis empressé de le lui apporter. Rien n'était déplacé dans la pièce à part un des fauteuils maintenant devant la fenêtre. Je ne suis pas curieux, mais j'ai un grand sens de l'observation. Dans notre profession, il le faut ! Les vacanciers aiment qu'on se souvienne d'eux, de leurs rituels.

Là, dans la chambre, j'ai pu mieux observer la cliente. Sa beauté m'a frappé. Sa peau ressemblait à du velours et j'avais envie d'y toucher. Et ses yeux ! Pâles, quasiment gris, tellement brillants qu'on aurait dit qu'elle avait pleuré. Et son petit point sur la joue ; j'ai tout de suite imaginé une étoile ! Oui, une superbe femme ! Surtout dans ses blue-jeans serrés. Remarquez, elle avait le physique pour les porter : des hanches pleines, semblables à son corps charnu, agrémenté de rondeurs. Décidément, elle était très belle, sauf qu'elle le savait. On avait dû le lui répéter souvent, c'est pour cette raison qu'elle se donnait des allures supérieures. Elle avait une façon blessante d'ignorer les gens. Je vous l'assure, ce n'est pas mon type de femme, trop distante et qui se croit unique. Reste que je la trouvais séduisante.

J'en reviens à la bouteille de vin. J'ai dû la poser sur la table d'appoint avec les deux verres : la dame attendait peut-être quelqu'un. Je m'apprêtais à me retirer lorsque la cliente m'a tendu un gros pourboire. J'aurais préféré plutôt qu'elle me manifeste plus de diffi... déférence. On n'achète pas tout avec de l'argent ! Et puis, un homme a sa fierté ! Donc, j'étais surpris pour le pourboire, sans toutefois le montrer. La suite m'a étonné davantage. À mon « Merci, madame », elle a rétorqué promptement : « Gabrielle, je m'appelle Gabrielle. » Je ne savais trop comment réagir. C'est exceptionnel que je sois embarrassé, mais ce « Gabrielle » me gênait. Était-ce une marque de confiance ou des avances ? Très vite, j'ai retrouvé mon aplomb et j'ai repris poliment : « Je n'oublierai pas, madame Gabrielle. » Ma réponse n'a pas semblé lui déplaire. Son visage est devenu moins dur, et j'ai eu l'impression qu'elle allait sourire, car son grain de beauté a remué. Et j'ai pris l'habitude de l'appeler ainsi, madame Gabrielle, simplement pour le début de son sourire et pour voir bouger l'étoile.

Je suis parti en négligeant de refermer la porte : j'étais distrait. Je l'avoue, madame Gabrielle m'avait troublé.

La soirée s'amorçait dans des préparatifs en vue de l'ouverture officielle. Malgré tout mon travail, à plusieurs reprises, je suis monté à l'étage. Aux aguets, je restais sur le palier, à attendre. J'aurais aimé que madame Gabrielle réclame une collation, du café ou du papier à lettres. Je voulais la revoir. Elle avait piqué ma curiosité. Peine perdue, elle ne m'a pas fait signe. Elle se terrait. Et j'ai pensé qu'elle se trouvait sûrement avec un invité.

À la brunante, seule, madame Gabrielle est redescendue en tenant son attaché-case sous le bras. Sa figure n'avait plus la même rigidité qu'à son arrivée. Une sorte de tristesse adoucissait ses traits. Du fond du hall, je l'épiais, je la trouvais encore plus belle. Elle a réglé sa note et quitté l'auberge sans prononcer un mot, sans jeter le moindre regard à qui que ce soit, comme elle devait le faire chaque fois par la suite.

Depuis l'attentat d'hier soir, je me suis demandé pourquoi je me souvenais si clairement de madame Gabrielle. Vous savez, on n'oublie pas la première cliente de l'auberge où l'on vient d'être engagé à titre de garçon de table en chef, surtout quand la personne, jolie, intrigue. Pourtant, je déplorais ses manières méprisantes. Mais elle avait parfois des élans qui rachetaient sa conduite. Je me le rappelle peut-être aussi parce que je pressentais que ça tournerait mal : une femme trop étrange pour que le malheur l'épargne. On détecte ce genre d'individus et, moi, j'ai un sixième sens pour les déceler.

La nuit dernière, je ne parvenais pas à m'endormir. Je pensais à des anecdotes concernant madame Gabrielle, de sorte que je peux vous les raconter, si vous le désirez toujours, évidemment !

Je poursuis donc. Cette année-là, elle est revenue à l'auberge vers la mi-juin. J'en suis sûr, car la saison des lilas achevait. Les lilas, justement ! Une fin d'après-midi, j'ai vu madame Gabrielle avec sa mallette près des arbustes fleuris. Sous le soleil, elle s'y est attardée comme la fois précédente, longuement. Puis, elle est entrée et a demandé la chambre 29. Elle n'avait pas changé : aussi froide. Elle ne parlait pas davantage non plus. Il y a des gens qui restent silencieux par gêne ; je comprends. Moi-même, autrefois, je passais pour timide. Avant d'œuvrer dans le public, je n'osais pas m'exprimer. Madame Gabrielle, elle, c'est différent. Elle ne doit adresser la parole qu'aux personnes de sa classe. C'est quelqu'un de hautain, je n'en démords pas.

Enfin ! Sans plus de préambule, elle a gagné sa chambre.

L'heure du dîner approchait. Je disposais les derniers bouquets de lilas dans la salle à manger. Soudain, j'ai pensé que ça plairait à madame Gabrielle si je lui en montais un. Deux minutes après, je cognais à sa porte. Je m'attendais à tout, sauf à un accueil chaleureux. J'avais devant moi un être ému, au bord des larmes. Son visage ressemblait à celui d'une enfant à qui l'on vient de donner un cadeau. La douceur la rendait si belle que j'ai bafouillé des âneries ; pas elle. Jamais je n'oublierai la phrase qu'elle a murmurée : « Le parfum des lilas engourdit nos souffrances. » J'étais tellement étonné que je l'ai fixée sans bouger. Elle, elle a amorcé un sourire et ajouté très bas qu'elle me remerciait infiniment. Son élan me rendait quasiment heureux et j'étais prêt à lui pardonner sa première attitude, laquelle n'a pas tardé à réapparaître. Comme si elle s'en voulait de s'être ouverte, sèchement, elle m'a commandé une bouteille de rouge et, d'un ton aussi catégorique, a demandé que Marie, la femme de chambre, vienne après son service. Impossible ! Je fais erreur. Marie ne travaillait pas encore à l'auberge à ce moment-là. Elle a commencé un an après moi. Je vous prie de m'excuser, messieurs dame. Par contre, ce que j'ai entendu est exact. Moi, vous savez, de coutume les grands mots ne m'impressionnent pas. Mais quand un homme offre des fleurs à une femme, il n'imagine pas entendre en retour : « Le parfum des lilas engourdit nos souffrances. » Admettez que j'ai raison de m'en souvenir et de prétendre que madame Gabrielle était bizarre.

Durant le service du dîner, je n'ai pas cessé d'être songeur. Je m'interrogeais. Je devais savoir quelle sorte de cliente résidait sous notre toit. Il ne s'agissait pas de curiosité. Je devais assurer la paix des autres vacanciers. Et j'ai lu la fiche d'inscription de madame Gabrielle. Hélas ! ma découverte n'a fait qu'augmenter mes doutes. Imaginez, elle habitait en face de l'auberge, de l'autre côté du lac ! De la véranda, par temps clair, j'aurais pu apercevoir sa maison. J'en avais le souffle coupé. J'ai cependant poursuivi ma lecture. Le nom ne m'était pas étranger. J'avais déjà vu « Varin » quelque part. Oui, oui, la journaliste des arts ! On retrouve ses articles dans le journal du samedi ; parfois, j'y jette un œil, question de renseigner la clientèle. On dit qu'elle écrit bien. Les photos qu'elle fait des œuvres des artistes impressionnent. Elle a du talent, il semblerait.

Sans tarder, j'ai livré mes trouvailles à Barbara. Elle savait et elle a ajouté que la cliente était l'épouse de Jérôme Collard, le chroniqueur parlementaire. À la réception, Barbara occupe une place de choix pour se tenir au courant de tout. Et puis, le Lac-aux-Sables, c'est un petit village et les gens cancanent. Jérôme Collard, lui, je le connaissais à cause de sa photo en haut de ses chroniques. Il travaille dans la capitale, donc il s'absente souvent. J'ai alors compris la situation : madame Gabrielle avait un amant et elle louait une chambre pour le rencontrer ailleurs que chez elle. Mon hypothèse tenait : un mari toujours absent ne peut pas combler une belle femme. De plus, madame Gabrielle n'est pas du genre à s'apitoyer sur son sort : elle prend un amant et on n'en parle plus. À l'observer, on se rend vite compte que cette femme n'a ni scrupule ni complexe. Et si je n'avais pas entrevu son amant la première fois, je le devais à mon manque de vigilance. Ce soir-là, j'ai décidé de redoubler d'attention.

Au milieu de la soirée, madame Gabrielle a descendu lentement l'escalier et quitté l'auberge. Elle était seule et personne ne lui avait rendu visite, je vous l'assure.

Je n'étais pas au bout de mes surprises. Plus tard dans la saison, madame Gabrielle s'est présentée à la salle à manger accompagnée d'un homme, son mari. Je l'ai identifié sans peine. Je vous expliquais plus tôt que j'avais remarqué sa photo dans le journal. Ni l'un ni l'autre n'avait réservé. J'ai dû les accommoder du mieux que je le pouvais. Je n'ai pu que leur offrir des places éloignées de la baie vitrée. On n'a pas idée de venir à l'Auberge du Lilas un samedi soir sans réservation ! Certains ne se rendent pas compte que nous avons la meilleure table de la région. Une véritable aberration !

Laissez-moi vous dire que mon tact a été mis à rude épreuve ce soir-là. D'abord, madame Gabrielle a fait semblant de ne pas me connaître. Remarquez, je comprenais son attitude : quand on a un amant... Moi, je l'avais simplement appelée « Madame ». En signe de reconnaissance, elle aurait pu me sourire discrètement. Ensuite, comble d'étonnement, elle a refusé tout alcool. Eh oui ! Lorsque je leur ai présenté la carte des vins, elle a prétendu qu'elle ne buvait pas, que l'alcool lui donnait des troubles digestifs. Allez donc ! Et les deux bouteilles de rouge, qui les avait bues ? Vraiment, ce type de femme se donne des airs réservés en public, mais dans l'intimité...

C'était bondé de monde. Je ne savais plus où donner de la tête. Cependant, dès que j'en avais l'occasion, j'observais le couple. Jérôme Collard me faisait penser à moi lorsque j'ai connu Pauline, mon amie d'avant. Ah ! Pauline, une fille épatante, mais trop possessive. Enfin ! Monsieur Collard ressemblait à un jeune amoureux. Il n'arrêtait pas de couver sa femme du regard. Tendrement, il lui prenait les mains, les cajolait. Il lui murmurait des choses qu'on devine facilement. Elle, elle gardait les yeux baissés, gênée. À un moment, elle a eu un large sourire, presque un rire. Et j'ai compris que, malgré tout, malgré son amant, elle aimait son mari.

Depuis près de cinq ans, ils s'amènent de temps à autre à l'auberge pour dîner. Toujours aussi empressé, lui, il n'en a que pour sa femme, bien qu'il soit correct envers moi avec ses « Bonsoir » et ses « Merci » distraits. Je ne peux pas en dire autant de madame Gabrielle. Sans doute par snobisme, elle continue de m'ignorer. Mais qu'elle est attachante ! Le pire, c'est que je ne sais pas pourquoi !

Durant le premier été, quelques fois, madame Gabrielle a loué une chambre : le 29. Elle s'y bouclait, ne demandait pas la moindre chose, sauf une bouteille de vin. À la tombée du jour, elle réglait sa note et partait, silencieuse.

À ma connaissance, elle n'a jamais accepté une autre chambre que « la sienne ». Je n'ai jamais pu deviner pourquoi le 29. La pièce est située au-dessus de la salle à manger ; par conséquent c'est l'une des moins tranquilles de la maison. Décidément, on rencontre des gens bien curieux !

Avec le temps, j'ai dû me rendre à l'évidence : aucun homme ne montait chez madame Gabrielle. Elle n'avait pas d'amant. Du moins, elle ne le retrouvait pas ici. Pour quel motif louait-elle à l'auberge ? Pour cacher quelque chose de suspect ! Compte tenu de mon expérience, je ne peux pas envisager une autre possibilité, d'où l'agression d'hier. Vous suivez mon raisonnement ?

Vers la fin de l'été, dans les derniers jours de septembre, madame Gabrielle a cessé de venir. Un soir, assez tôt, je l'ai vue redescendre lentement l'escalier et remettre sa clef sans hâte, l'air plus triste qu'à l'accoutumée. Puis, pour la première fois, elle m'a regardé et dit un aimable « Au revoir ». J'ai tout de suite su qu'elle ne repasserait pas à l'auberge. N'allez pas croire que ça me dérangeait, non. J'étais simplement déçu. Et je me suis surpris à imaginer que madame Gabrielle reviendrait la saison suivante. Son « Au revoir » m'y laissait croire.

Je suis impardonnable ! Je parle, je parle et j'oublie de m'assurer de votre bien-être. Je peux vous apporter un plaid, madame Lacoste, si vous avez froid ? Et vous, messieurs, désirez-vous un autre cognac ? Non ? Personne n'a besoin de quelque chose ? Parfait ! Je poursuis donc.

Le temps devait me donner raison. La saison des lilas a ramené madame Gabrielle.

Elle pouvait être des semaines sans venir puis, tout à coup, elle arrivait, demandait « sa » chambre. Ce n'était pas une mauvaise cliente : je n'ai jamais eu de plaintes à son sujet. Silencieuse, très ordonnée, elle ne déplaçait qu'un petit fauteuil, l'approchant de la fenêtre. Elle lisait à la lumière du jour, j'en suis convaincu parce qu'à un moment elle a oublié son livre. Je m'en souviens. Elle venait de quitter l'auberge lorsque je suis monté par hasard à l'étage. La porte du 29 était entrebâillée. Machinalement, je l'ai poussée et j'ai aperçu le livre. Sans hésiter, j'ai couru pour rattraper madame Gabrielle. Si vous saviez comment elle m'a accueilli ! Les yeux pleins d'eau, elle n'en finissait plus de me remercier. Elle a affirmé que ça aurait été

un malheur que d'égarer l'ouvrage et qu'elle me serait éternellement, oui, oui, éternellement reconnaissante de mon attention envers elle. Encore des grands mots ! Les lilas, quoi !
N'empêche que j'étais content. Mais quelle histoire pour un
bouquin usé à la corde et qui sentait la poussière ! En plus, un
livre pour enfants ! Sur la couverture décolorée, il y avait d'inscrit le mot « conte ». Vous savez, le genre de volume qu'on
donne aux fillettes pour les occuper ou pour les faire taire.

Malgré ses promesses, madame Gabrielle n'a pas changé
d'attitude à mon endroit. Par la suite, elle est redevenue codéc...
condescendante. Elle ne m'adressait la parole que pour des éléments se rapportant à mon service. Bien sûr, il y avait ses
« Merci » brefs et ses pourboires ; peu importe, j'aurais aimé
davantage de considération, surtout que je n'étais plus un
étranger pour elle. Entre connaissances, on aurait pu établir de
nouveaux rapports. Impossible ! Madame Gabrielle avait,
parfois, des emportements touchants puis on aurait dit qu'elle
les effaçait de sa mémoire. Allez savoir pourquoi ! Ah ! les
femmes, je renonce à les comprendre, y compris Pauline !

Mon deuxième été à l'emploi de l'auberge a été marqué
par de singulières demandes de la part de madame Gabrielle.
Vous allez le constater immédiatement.

On entamait un juillet chaud et très lourd. Presque chaque
jour, un orage éclatait. Il y en a eu beaucoup cette année-là. Je
ne peux pas l'oublier. Marie, la nouvelle femme de chambre,
les adorait. Incroyable, n'est-ce pas ? Sauf votre respect, madame Lacoste, il est rare qu'une femme n'ait pas peur des tem-
pêtes. Ma mère avait la frousse des... Je m'éloigne de notre
propos. Donc, un lendemain d'orage, Marie nettoyait dans le hall.
Elle fredonnait malgré mes nombreux avertissements. Avec
doigté, je m'apprêtais à lui rappeler que, parfois, sa conduite
pouvait importuner les clients lorsque madame Gabrielle est

entrée. Cette dernière est restée longtemps sur le seuil avant de prendre sa clef et a commencé, elle aussi, à chantonner quelque chose qui ressemblait à une comptine : « ...deux brins, trois brins et la tresse valse ». Des mots semblables à ceux-là, enfantins. Je pense que les chansonnettes de Marie avaient réveillé en elle un ancien plaisir, car l'étoile a bougé sur sa joue. Dieu ! qu'elle était séduisante quand elle souriait ! À mon avis, elle aurait dû s'en donner plus souvent la peine. Que voulez-vous, chacun son caractère.

Quelques minutes plus tard, madame Gabrielle est montée à sa chambre. Vers la fin de l'après-midi, elle a commandé une bouteille de rouge et ajouté qu'elle désirait voir Marie après son service. Où avait-elle appris ce nom ? Je n'ai aucune opinion là-dessus. Remarquez, tous les gens l'aimaient, Marie. Une fille pas mesquine pour un sou et rieuse avec ça. Assez mignonne, travaillante et toujours de belle humeur, elle inspirait confiance. Et sa voix ! Je dois l'admettre, elle ressemblait à celle d'un rossignol, sautant facilement du grave à l'aigu. Une vraie voix pour parler en public. Des vacanciers ont déjà prétendu que Marie pourrait faire la lecture, vous savez, semblable à Miou-Miou dans *La Lectrice*. Un bon petit film que j'ai vu à quelques reprises. Il a été à l'affiche plusieurs semaines dans un cinéma de Bermont.

Où j'étais rendu ? Ah ! oui, madame Gabrielle avait demandé la femme de chambre. Sans en faire tout un plat parce que c'était après son travail, Marie est montée et n'est redescendue qu'au milieu de la soirée. Son air enjoué n'avait pas changé. Au contraire, la fossette de son menton paraissait plus accentuée. Plus tard, madame Gabrielle a quitté l'auberge, égale à elle-même.

Vous comprendrez que j'étais intrigué. À mon tour, je me suis rendu au 29. Les deux fauteuils avaient été placés de biais par rapport à la fenêtre et, par terre, se trouvaient la bouteille de vin, des verres à demi pleins. Qu'en déduire ? J'ai interrogé Marie dès le lendemain. Pour toute réponse, elle m'a rétorqué de sa voix suave que madame Gabrielle voulait de la compagnie et qu'il n'y avait aucun mystère là-dedans. Vous voyez d'ici le tableau ? On n'a pas idée de prendre une consommation avec la préposée au ménage ! Je n'insinue pas que Marie n'est pas bien de sa personne. Mais une femme de chambre restera toujours une domestique. Si madame Gabrielle s'ennuyait, j'aurais pu, moi, lui tenir compagnie au moment creux d'avant le dîner. Je ne le répéterai jamais assez, elle avait des comportements anormaux.

C'est ainsi qu'ont débuté les visites de Marie à la chambre 29. Chaque fois que madame Gabrielle louait à l'auberge, elle la réclamait. D'ailleurs, il lui arrivait de se tromper de nom. Elle prononçait « Léonie » ou quelque chose de semblable. Je ne relevais pas son erreur. Tout le monde peut être distrait. Ça m'arrive à moi aussi. N'empêche que je trouvais ces rencontres bizarres, mais compte tenu qu'elles avaient lieu hors des heures de travail, je n'avais aucun pouvoir. Et puis, madame Gabrielle semblait tellement y tenir. Les jours où Marie n'était pas de fonction, elle partait plus tôt, soucieuse, le front tendu.

La saison filait, entrecoupée des allées et venues irrégulières de madame Gabrielle et de ses rencontres avec Marie. Puis, vers la fin de l'été, un soir où la noirceur avait tombé brusquement, madame Gabrielle a dédaigné... pardon, a daigné s'adresser gentiment à moi. En fait, elle a simplement prononcé l'« Au revoir » de l'année précédente. Ainsi, je me suis douté qu'elle reviendrait au printemps.

Excusez-moi, je ne m'ennuie pas, mais l'heure court. Je ne pourrai plus m'attarder très longtemps. Je dois dresser des tables dans les salons pour le thé. Les vacanciers qui rentrent aiment se restaurer après leur excursion, d'autant plus que les gâteaux du chef sont excellents ! Vous devriez vous joindre aux autres, monsieur Hoskin, vous apprécieriez l'atmosphère amicale. Bon, je vous résume brièvement les dernières années où madame Gabrielle est venue ici et je retourne à mes obligations.

Voici donc. Chaque printemps, à l'ouverture de l'auberge, je me suis surpris à attendre madame Gabrielle. Je savais qu'au temps des lilas, elle reviendrait. Et elle revenait.

Sans raison apparente, par une fin d'après-midi, elle arrivait. Elle ne réservait jamais. Inexact ! À quelques reprises, elle a téléphoné le matin, comme quelqu'un qui décide de prendre congé lorsque la météo annonce du soleil. Par contre, madame Gabrielle ne voulait que le 29 et, puisqu'elle ne louait que la semaine, elle pouvait souvent l'avoir. Si par malheur sa chambre était occupée, elle s'en allait.

Qu'est-ce que je pourrais ajouter d'autre ? Madame Gabrielle n'était pas coquette. Toujours en blue-jeans, sans bijou ni parfum. Elle ne se maquillait pas non plus. Remarquez, elle n'en avait pas besoin. Avec l'âge, elle embellissait, même si elle ne souriait plus. On aurait dit qu'une tristesse la gagnait. Ou c'était peut-être sa froideur qui augmentait ? Oui, oui, car elle n'a plus eu d'élans. Vous rendez-vous compte ? En cinq ans elle s'est attendrie deux fois seulement ! Tout le contraire de ma Pauline ! Finalement, je préfère une femme possessive plutôt que dédaigneuse. Au moins, on se sent important et on a l'impression d'être un homme.

J'ignore comment Marie a pu tolérer aussi longtemps l'air distant de cette personne. Eh oui ! vous avez bien compris, l'histoire entre les deux femmes s'est poursuivie. Je me défends d'alimenter des ragots, cependant je m'explique mal leurs rencontres. À quoi ces personnes s'occupaient-elles pendant des heures ? Quels sentiments pouvaient bien les relier ? Je me...

Tiens, tiens, j'y pense, madame Gabrielle n'est plus venue à l'auberge que les jours où Marie travaillait. Ce rapprochement m'avait échappé. Elles se donnaient donc rendez-vous ! Pour y faire quoi ? Je n'ai réussi à soutirer aucune explication à la femme de chambre. Je n'ai que constaté. En finissant son service, Marie montait au 29, y passait une partie de la soirée, puis partait en chantonnant. Avec son attaché-case, madame Gabrielle la suivait de peu. Après leur passage, je trouvais la chambre impeccable. Seuls les fauteuils étaient rapprochés de la fenêtre. Les verres, eux, avaient dû être rincés par notre employée. Nonof... nonobstant mon sens des responsabilités, je ne pouvais vraiment rien leur reprocher.

Malgré les années, madame Gabrielle est demeurée secrète, mystérieuse. En aucun cas, elle n'a profité du lac ou mis les pieds dans l'eau. Alors vous imaginez le choc lorsque je l'ai trouvée noyée ! Je ne m'y attendais tellement pas. C'est un attentat, vous verrez bien.

C'est tout ce que je sais d'elle. Elle est telle que je vous l'ai décrite. Je vous en ai tracé un portrait fidèle. Reste que son malheur m'affecte : je suis attaché à mes clients. D'ailleurs, je ne lui tiens pas rigueur pour la façon dont elle m'a traité. Avec le temps, elle aurait sans doute changé d'attitude. Si les médecins la tirent d'embarras, je pourrai lui dire qui l'a sauvée. Elle sera drôlement impressionnée. Et elle va me considérer, croyez-moi.

L'heure du thé approche. Seulement, Roger ne part pas. Il ne semble plus pressé de retourner à ses occupations. Debout et toujours contre le parapet, mais plus fortement appuyé qu'auparavant, il met toute son attention à observer son public. Son regard va et vient, vif et impatient, tout en surface. Et sur ses lèvres entrouvertes court l'ébauche de quelques répliques.

Il s'apprête à répondre aux questions, lesquelles, hélas ! ne viennent pas.

– Vous comprenez mieux maintenant, ma chère dame, pourquoi j'affirmais que madame Gabrielle n'avait pas d'enfants ? Une mère n'abandonne pas ses petits pour se réfugier à l'hôtel. Ça ne se fait pas. Ou si elle en avait, des enfants, elle ne ressentait aucun amour pour eux. Ce qui confirme que, d'un côté ou de l'autre, j'ai raison.

La tirade du serveur tombe, haute et catégorique, dans la clarté de la véranda. Madame Lacoste ne relève pas la remarque. D'ailleurs, personne ne le fait. Tous restent cois. Ils soupirent, probablement une sorte de sympathie qu'ils éprouvent envers la noyée.

Le silence se prolonge. La dame se perd dans un état d'abattement et son corps est pris de légers tremblements. À tâtons, elle cherche son châle, le rapproche d'elle. Puis elle s'en enveloppe et noue les extrémités sur sa poitrine afin de conserver le peu de chaleur qui lui viendrait de l'étoffe.

Il fait encore bon. La température n'a pas refroidi. Ou à peine. Un souffle de vent ramène des senteurs d'automne. Est-ce cela qui agace monsieur Lacoste ? Sans cesse, il change de position. Il déplace les coussins, plie sa vilaine jambe, masse son genou. La plus petite trace de jovialité a disparu de son visage rougeaud. L'inconfort l'irriterait-il à ce point ? À moins qu'il ne s'agisse d'une émotion obscure dont il s'ignorait jusqu'à présent capable, un mélange de désir et de fascination pour la noyée. Un attrait hors de son pouvoir envers cette femme si différente de son épouse. Il ne regarde pas Jeanne Lacoste, frissonnante dans son châle. Ne cherche d'elle ni attention ni reproche, oubliant jusqu'à sa présence.

Monsieur Hoskin ne parle pas non plus. Sans doute gêné d'avoir entendu l'histoire troublante d'une femme qui pourrait être sa petite-fille, disait-il en début d'après-midi, il s'abstient du moindre commentaire. Il passe une main dans ses cheveux blancs, encore soyeux. Malgré son air évasif, il fume par saccades sa pipe. À travers les volutes qui montent et se défont, à travers la lumière qui pourrait devenir blessante à cette heure du jour, il contemple le lac, le fixe plutôt, de la même manière que le ferait quelqu'un de préoccupé. Et s'il parle à présent, c'est davantage pour essayer de comprendre que pour juger.

– Connaissez-vous la réaction de Marie quand elle a appris la mauvaise nouvelle ?

Avant de répondre, Roger fait quelques pas. Puis d'autres. Le long du parapet, il marche en balançant les bras. Il prend son temps. Se donne de l'importance.

– Non, je ne sais pas. Marie avait terminé son travail au moment de la noyade et, ce matin, elle a téléphoné à la réception pour qu'on la remplace. À deux jours de la fermeture de l'auberge, quelle idée ! On ne peut vraiment plus se fier aux gens.

Le vieil homme tapote sa pipe et, lent, plein de compassion, questionne de nouveau.

– Marie n'en a pas dit plus ? Elle devait être trop affectée.

– Barbara a simplement ajouté que Marie semblait pressée.

– Elle se rendait probablement à l'hôpital.

– J'aurais fait pareil, monsieur Hoskin.

Jeanne Lacoste s'interrompt, à bout de souffle, sans énergie. Roger la dévisage. On le croirait contrarié. Madame Lacoste a répondu pour lui. Pris sa place. Place qu'il revendique aussitôt.

– Je connais assez Marie pour prétendre le contraire. En tout cas, elle n'a aucune chance de voir madame Gabrielle. À la radio, on affirmait que les médecins ne laissaient pas les policiers l'approcher. Imaginez une simple femme de chambre !

Personne n'écoute. Les vacanciers n'entendent ni Roger ni la petitesse de sa remarque. Ils sont ailleurs. Loin, là où désir et pitié s'affrontent. Tous, chacun à sa manière, se sont approprié l'histoire de Gabrielle Varin, inconnue d'eux il y a quelques heures à peine.

Visiblement incommodé, Raymond Lacoste n'arrête pas de bouger. Il voudrait s'extirper de son siège. De sa morne existence. Et partir. Seul, peut-être ? Il toise son épouse. Elle reste muette. Son manque d'expression effraie. Seules ses mains sont vivantes sur le châle qui ne suffit plus à la réchauffer.

Monsieur Hoskin termine son cognac et, détournant la tête, dépose son verre. Regrette-t-il de s'être joint à ces individus ? La solitude lui pèserait sûrement moins que la froideur qui l'entoure. À sa façon de regarder la grève, avec douceur, c'est évident qu'il aimerait s'y promener. Là, à son habitude, il pourrait rêver.

Roger Naugier ne peut soupçonner la tristesse remuée par l'histoire qu'il vient de raconter. Du reste, il ne cherche pas à savoir. Il n'a d'intérêt que pour ce qu'il aperçoit là-bas, de biais à la véranda, sur le chemin qui mène à l'auberge. Penché au-dessus du garde-fou, il surveille, on ne sait quoi.

– Tiens, les policiers ! Je vais pouvoir leur parler de l'homme qui rôdait hier.

Il gesticule. Il a le geste large, exubérant.

– Il ne faudrait pas que j'oublie de leur demander la date de remise de la médaille.

Sa voix résonne, hachurée et bruyante, différente du ronronnement de l'auto-patrouille. En ce bel après-midi d'octobre, au sortir d'un tournant et dans une lumière si pure qu'elle fait reculer l'horizon, on roule sans hâte, très lentement. De même agirait quiconque que rien ne presserait.

Yukiko

On ne ment pas,
on se crée des vérités.

Dominique BLONDEAU.

Le deuxième samedi d'octobre, dans l'après-midi

À nouveau, la voiture s'engage dans une courbe. Puis, elle disparaît derrière un écran d'arbres. Le tournant s'adoucit, se défait. La Volvo émerge, vieille et terne sous le soleil. Sur la route bordant le lac, le conducteur roule à vitesse réduite, comme le ferait quelqu'un fasciné par le jeu de la lumière sur l'eau tantôt bleutée, tantôt d'un gris tellement clair qu'elle en devient aveuglante, ou encore comme conduirait un individu guère familier avec le décor. Un étranger, en quelque sorte.

La Volvo ralentit davantage. Elle serre à droite et s'immobilise sur l'accotement. Le moteur s'éteint. Il n'y a plus que le bruissement du vent et, plus sec, le claquement d'une portière. La femme sursaute, ne voulait pas causer de bruit. Elle n'est plus très jeune. Une silhouette épaissie, menacée par la soixantaine et qui se redresse avec effort. Est-ce l'effet de la fatigue ? Yukiko Kita n'a pas dormi de la nuit. Partie avant l'aube, elle a conduit de New York jusqu'ici, sans radio ni musique, ne ponctuant le trajet que de courts arrêts. Elle paraît fourbue. Préoccupée surtout.

À présent, elle s'étire, marche un peu. Malgré les pas étroits, elle avance d'une manière lourde, différente de celle des Orientales. Seules les mains contredisent la rigidité du corps. Longues et fines, lestes, elles se meuvent en des gestes assurés, mais jamais soumises à une économie.

Yukiko va et vient, sans audace, sans le moindre souci d'élégance. Elle repousse une mèche de cheveux tombée sur le front. Le regard s'avive, beau dans sa couleur soutenue, dans son éclat si lumineux qu'il durerait dans l'obscurité, un regard qui fixe maintenant le lac.

– Il a changé.

Elle répète. Pour s'en convaincre, peut-être.

– Il a changé. Énormément.

Yukiko se tait et gagne la grève. Proche de l'eau, elle perçoit mieux le lac dans son étendue aux reflets mobiles. Elle l'examine en détail, et le paysage qui l'entoure. Soudain, un mouvement de recul lui vient. Yukiko reconnaît à peine le lieu pourtant si familier autrefois. Il n'est plus pareil. Les érables ont grossi. Ils s'élèvent haut, presque démesurés dans leur taille. La plage paraît plus exiguë qu'avant, une bande de sable, sans plus. C'est juste, au cours des années, le site s'est beaucoup modifié.

Perdue autant que tourmentée, elle regarde au loin, de l'autre côté du lac. Elle cherche, sans la trouver, la maison de Gabrielle Varin, là où elle a vécu heureuse, prise par son bonheur et dans le refus total d'une éventuelle fin. Il s'agit d'une histoire ancienne et qui n'a duré qu'une année. En fait, un peu moins. Onze mois et demi. C'est beaucoup de bonheur dans une vie. Pas assez lorsqu'il devient un souvenir.

Une nostalgie l'envahit. C'est dans cette maison que Yukiko a sculpté ses plus troublantes statues. Des figurines en lutte contre le vide, le déracinement. On dirait que, malgré leur masse dormante, elles se sont engagées dans une quête ultime. Celle des origines, sans doute. La passion a fait éclater l'art de la statuaire. Particulièrement le désespoir qui a suivi la rupture et les morts qui l'accompagnent, parfois.

Yukiko lève la tête, scrute la falaise. Il n'existe devant elle que la pente abrupte que Gabrielle dévalait dans des rires sonores. Ni les chaleurs de l'été ni les jours courts de décembre ne l'empêchaient d'arpenter le sentier menant au lac. Et, au plus fort de sa course, le plaisir s'emparait d'elle. Gabrielle recommençait sa descente, entraînant l'artiste, plus craintive. Puis, à bout de souffle, elles roulaient sur la berge, s'embrassaient. L'amour les couvrait. Autour et partout, le temps cessait.

Sur la plage, seule, Yukiko respire avec difficulté. Elle est tournée vers hier qui la rejoint par vagues plus ou moins brusques, mais toujours de plein fouet, inévitables. Pendant un moment, elle dérive, puis se ressaisit. Elle se penche, prend du sable, le roule dans sa main. Elle se raccroche à des éléments palpables ; autrement, elle ne tiendra pas. Elle sait la nécessité de rester à la surface des choses, proche de leur texture, sinon la folie reviendra. L'éviter à tout prix. Ne pas reproduire la chute d'il y a sept ans. Cette fois, jouer à l'indifférente. Pourtant, de nouveau, Yukiko cherche la demeure de Gabrielle. Elle ne la voit pas, la devine plutôt.

Indécise entre le passé et le présent, la femme se détourne. La longue bâtisse qui se détache là-bas, dans la clairière, c'est sûrement l'Auberge du Lilas. Sans jamais l'avoir vue, Yukiko la reconnaît. Elle est telle que la lui a décrite Gabrielle lors de son appel le mois dernier. Sobre et tout à la fois coquette avec ses lucarnes aux coloris vifs, elle domine la grève où des gens se baladent, des vacanciers probablement. À cette distance, la véranda prend l'allure d'un maigre ceinturon étranglant la façade. Par contre, du promontoire réduit, Yukiko distinguerait la maison de son amie. Puisque le temps est clair, elle la verrait, nul doute.

111

– A-t-on gardé les lilas de Gab ?

Une tristesse creuse le visage accompli. Des rides, incrustées dans le blanc de la peau, sillonnent les tempes, le pourtour de la bouche. Ces marques proviennent-elles de l'usure ou d'une perte plus profonde, celle qui trouble le sang et l'âme, altérant tout, jusqu'au poids de son ombre ? Étrangère au questionnement qu'elle jugerait futile, la femme jette un œil à sa montre. Elle est en avance. Yukiko n'a rendez-vous avec Gabrielle Varin qu'en début de soirée.

Yukiko est tout occupée par la rencontre. Elle y pense, essaie de se détendre, bâille, ne cesse d'y penser pour autant. Vers la mi-septembre, elle a reçu un téléphone de Gabrielle qui, après lui avoir raconté sa vie depuis leur séparation, lui demandait de venir, sans tarder, parce qu'elle s'ennuyait. Gabrielle n'a émis d'autres raisons que l'ennui d'elle, de son ancienne amante. Yukiko a d'abord formulé un « No » catégorique, puis un « Non » vite transformé en « Pas tout de suite ». Elle ne pouvait quitter New York sur-le-champ. Un vernissage prévu pour le 8 octobre. Elle se rendrait à Bermont plus tard, dès le lendemain.

Au bout du fil, Gabrielle riait, sanglotait de joie, bafouillait que c'était parfait, que ça tomberait pendant le congé de l'Action de grâces, que Jérôme lui plairait. Elle était ravie et l'attendait à la maison le 9. Yukiko a refusé : n'importe où, sauf à la maison de la falaise. Cette fois, elle n'a pas cédé. Elle ne pouvait pénétrer dans la demeure tapissée de souvenirs. De plus, il y avait Jérôme ; Yukiko ne tolérerait pas de le savoir dans son lit à elle, autrefois. Elle préférait louer une chambre en ville. Gabrielle n'a pas insisté, lui a simplement proposé de dîner à l'Auberge du Lilas le samedi soir. Et avant de raccrocher, elle a murmuré : ma mousmé.

Les jours suivants, Yukiko, incohérente et fiévreuse, incapable de se concentrer, a vécu hors du monde. Toujours, elle entendait la voix de son amie, son timbre changé, alourdi par une langueur qu'elle ne lui connaissait pas. Quelle était donc la cause du changement ? C'est vrai, Gabrielle n'avait jamais aimé l'automne et en particulier l'Action de grâces. Il lui arrivait de dire que c'était la fête la plus triste de l'année : elle rayait l'été, la lumière chaude et liquide des couchants. Une fête qui ne méritait pas son nom, car elle annonçait les froids, l'envers de la grâce.

Après sept ans de silence, par pur caprice, Gabrielle donnait signe de vie et, du coup, Yukiko consentait à parcourir cinq cents kilomètres et, si nécessaire, elle aurait annulé son vernissage ! Gabrielle désirait sa présence ; rien d'autre ne lui importait. Pourtant, c'est elle, la journaliste, qui l'avait chassée, de même qu'on écarte un jouet qui n'amuse plus. C'est elle aussi qui l'avait laissée sans nouvelles. Jamais elle n'a répondu aux lettres de Yukiko et, dans une égale indifférence, elle ignorait les messages empreints d'émotion laissés sur son répondeur. Pendant quatre-vingt-quatre mois bien comptés, elle l'a rejetée, mais un simple appel, le surnom de mousmé prononcé à sa façon, un peu taquine, du bout de la langue, et Yukiko recommençait à vivre. À souffrir.

Pour la seconde fois, Yukiko vérifie l'heure, ne peut retenir un soupir. Gabrielle ne l'attend que vers 18 h 30.

– My little mermaid.

Sa voix ne porte pas, trop basse. Tantôt, Yukiko a tenté de la rejoindre, sa petite sirène. Lors de son passage à Bermont, elle a téléphoné chez Gabrielle, espérant la trouver à la maison. Le répondeur l'a priée de laisser un message. Yukiko en a dicté un, mais très court et formulé avec une froideur feinte. Puis, elle a déposé le récepteur, doucement, à regret. Elle a mangé un sandwich au restaurant de son hôtel et, avant de repartir, elle a composé le numéro pour réentendre Gabrielle. Seulement pour cela. Pour tout cela.

Yukiko se tasse sur elle-même, s'accable d'âge, d'impatience. Que faire pour liquider les trois heures qui la séparent de Gabrielle ? Penser à leur liaison passée ? Revivre la relation qu'elle voulait pleine d'avenir, de certitude ? Elle n'a pas eu de lendemain.

Violemment, elle secoue la tête. Non, surtout ne pas songer à ce fragment de vie. Il est mort avec elle. Chasser le fantôme qui revient les nuits de désordre. Se préserver de Gabrielle. Tout mettre en place pour ne pas l'aimer à nouveau. Plus précisément, pour cesser de l'aimer. Pour ne plus... Sans raison apparente, Yukiko court à la voiture ; son corps a soudain perdu le poids qui le rendait si lourd l'instant d'avant. Elle ouvre grand la portière et retire un tricot de la banquette arrière. Ensuite, elle prend un cahier, celui qu'elle a si souvent regardé par le rétroviseur pendant le voyage. Une tache. Elle le tient étrangement, à distance d'elle, dans une attitude presque apeurée. Un simple cahier d'écolier pourtant, inoffensif et semblable à des milliers d'autres.

Yukiko tremble ; ses jambes ne la portent plus. Elle trouve appui contre la Volvo. Petit à petit, lui reviennent l'équilibre et l'imprudence de lire l'inscription sur le cahier : *JOURNAL D'UNE ILLUSION*. Elle ferme les yeux, ne peut en supporter davantage.

D'un orangé vif, le cahier se détache, provocant dans la tranquillité de l'après-midi. Un faux journal rédigé pour repousser la folie. Pour créer une distance, un obstacle à la déraison. Cette chronique, Yukiko l'a écrite en quelques jours, sans penser, sans dormir ni pleurer : la rupture d'avec Gabrielle l'anesthésiait. Cloîtrée dans son loft, elle a aligné les mots les uns à la suite des autres, les a formés d'instinct, tous et jusqu'au dernier. Après, elle a caché le cahier au fond d'un placard, s'est refusée à le lire. Par contre, hier, à la dernière minute, elle l'a glissé dans ses bagages non pour que le souvenir de la douleur la préserve de Gabrielle, mais bien pour que la douleur encore vivante la sauve de cette femme.

Yukiko ne bouge plus. Pour un peu, on la croirait endormie. Elle ne regarde ni n'ouvre le journal, boîte de Pandore qui renferme le mal de son existence. Pire, toute sa joie. Feuilleter ce cahier, même distraitement, ce serait donner prise à la mémoire. Yukiko n'en a pas les moyens. Elle ne peut parcourir les notes jetées en rafale. Seulement, si elle s'en abstient, un autre danger la guette, celui de s'offrir, vulnérable, à Gabrielle.

– I'm leaving. Je rentre à SoHo.

Elle ne le fait pas. Elle n'a pas la force de se priver de Gabrielle, d'une rencontre avec elle, fût-elle décevante. Dans environ trois heures, elle l'aura devant elle, troublante dans sa naïveté, si proche qu'elle pourra la frôler tout en accusant le faible éclairage de la salle à manger. Et, complices, elles riront ensemble.

– Gab, Gab, je voudrais ne plus t'aimer !

Elle a un sourire peiné. D'un air fragile, elle entrouvre le cahier. Le referme. Un tambourinement des doigts sur le carton souple. Une hésitation inutile puisque, au hasard, Yukiko sélectionne une nouvelle page. Elle tourne quelques feuilles. Revient vers le début. Une écriture hachurée. Parfois, un mot ou deux sur une ligne. Parfois encore, de courts paragraphes ou un, interminable, dense. Certaines expressions anglaises ponctuent le texte. Yukiko s'arrête à l'une d'elles, au passage qui la suit.

I loved her.

Elle a parlé de mon regard, envahissant, si sombre qu'elle en perdait les nuances du brun. À mon grand étonnement, elle

115

me désirait, moi, une femme ! Que se passait-il en elle ? Un attrait éphémère ? Subit ? Aucune importance ! Gab ne feignait pas. Elle me désirait vraiment. Je l'ai su à sa façon de me toucher. Une pression sur ma nuque. Un attouchement. J'ai fléchi. Elle me devançait. Impatiente dans ses jeunes trente ans. Généreuse dans ses rires, dans ses folles étreintes. Sa ferveur m'emportait. Des gémissements. Les miens, pleins de son odeur. Et ses caresses sur mon corps vieillissant ! Gab effaçait mes rides. Ma mémoire. L'exil.

Le cahier tombe à terre. Yukiko ne le ramasse pas. Elle reste immobile. Elle attend que la souffrance cède.

Des larmes coulent, amères et blessantes. Yukiko les essuie et passe la main sur son pantalon râpé. Elle jette le tricot sur ses épaules. Elle n'a pas froid : l'émotion la fait frissonner.

Vaguement appuyée à la voiture, elle laisse du temps s'écouler avant de se pencher et de prendre le journal. Puis, elle va en direction du lac. Sur la grève, elle avance lentement, avec une allure mécanique, mue on ne sait par quelle force. Elle voudrait occuper ainsi les trois heures précédant son rendez-vous. Marcher jusqu'à ce que la mémoire s'use, jusqu'à ce que la fatigue l'écrase, à plat sur le sol, et l'abandonne au sommeil, vide, sans passé ni désir. Et si elle ne se rendait pas à la rencontre prévue ? Si, à la place, elle écrivait une note à Gabrielle, un billet aussi brutal que le sien il y a sept ans ? Non, Yukiko en serait incapable. Elle ne pourrait agir avec autant de dureté.

Le soleil, encore haut, répand une certaine chaleur.

Yukiko s'est assise, repliée dans la lumière d'octobre. Elle creuse le sable autour d'elle. Le retourne. Très vite, elle se lasse, s'agite. Elle noue les manches du lainage autour de son cou, sort des lunettes à monture d'écaille. Que veut-elle au juste ? Lire son journal ? Elle y semble résolue puisqu'elle l'ouvre à

116

la page du début. Elle s'attarde aux premiers mots, aux autres, aux suivants. Ses lèvres remuent, alors qu'aucun son ne s'entend. On dirait un mime égaré sur une plage, vaincu par le trac, par lui-même, en somme.

C'est la fin.

Je porte le deuil. Le mien. Elle m'a chassée. Depuis vingt-quatre heures, je suis morte. Seul survit le souvenir. Il n'y a plus de couple. Il y a Gab. Il y avait moi.

C'est ici que je l'ai connue. Aimée pour la première fois. C'est dans mon loft que je meurs d'elle.

Hier, j'ai conduit toute la journée. En arrivant de Lac-aux-Sables, j'ai vu la nuit tomber sur Manhattan. L'aube pointe à présent. Un matin de juin, ordinaire. Gab ne se lèvera pas en me souriant. Plus jamais. Pourtant, elle demeure là, devant moi, semblable au moment de notre rencontre. Semblable à ce qu'elle sera plus tard. Elle ne changera pas. Ce qu'elle était enfant, elle le sera dans trente ans. Elle fait partie des êtres qui vont sans que rien ne modifie leur parcours.

Ai-je vraiment vécu notre liaison ? Tant de bonheur est impossible. Sa fin non plus. Trop de douleur l'entoure.

La folie me guette. Je le sens. Le sais. Comment l'éviter ? La sculpture ne me suffit plus. J'ai besoin des mots. Des siens, ceux de sa langue à elle. Les gens arrêtent d'écrire leur journal lorsqu'ils deviennent heureux. Je fais comme eux, j'entreprends le mien à cause du malheur. Je l'amorce pour échapper à l'égarement. Pour rayer Gab de ma mémoire. Lorsque notre histoire sera écrite, je pourrai la gommer. On efface bien les lettres tracées à la craie sur un tableau.

Je n'habite plus mon corps. Le désarroi s'y loge.

Je ne pourrai plus dormir. Tous les instants des onze mois et demi passés avec Gab défilent, tel un film. Les écrire, un à un. Pour casser la pellicule. Les mettre sur papier pour m'en défaire. Mais j'attends peu de mon journal. Juste de moins souffrir.

J'ai toujours eu peur de la perdre. Je craignais que son amour cesse. Je souffrais. D'avance, je souffrais.

Je n'existe plus. Les doigts qui tiennent le stylo sont ceux d'une étrangère. Une exilée. Je n'écris pas pour l'après. Il n'y en aura pas. Elle m'a rejetée. J'essaie d'arracher de ma tête hier, le jour où elle n'a plus voulu de moi. Et l'autre jour, béni. Celui où tout a commencé.

C'était un dimanche. Journée inhabituelle pour une entrevue. Manhattan fondait sous juillet. Je travaillais mal. Une journaliste m'a téléphoné. Elle s'exprimait dans un anglais approximatif. Elle connaissait mon œuvre. Voulait me connaître. Faire un reportage. Son appel fut interminable. Elle disait placer la sculpture au-dessus des autres arts. Bien au-delà de la peinture qui, selon elle, réduisait l'imaginaire. Le figeait dans la linéarité. À l'inverse, le ciseau du sculpteur donnait profondeur à la création. Lui insufflait vie. Je l'écoutais distraitement. Elle s'est mise à parler de New York. Elle adorait cette cité construite de paradoxes. D'artifices. De gris monochromes, teintes du vent. Une ville qui rendait hommage au génie humain, conclut-elle. Sa réflexion m'a plu. J'ai accepté pour l'entrevue. Mais j'avais peu de temps à lui consacrer. Elle le savait.

Elle est arrivée plus tôt que convenu. Je l'ai accueillie dans sa langue ; cela faciliterait l'entrevue. Elle devait être soulagée. Je la revois dans sa robe fleurie. Audacieuse dans le décolleté, dans les couleurs criardes. Des cheveux pâles, en boucles floues, voilaient les épaules. Sa maigreur m'a frappée. Bien plus, sa beauté. Une pureté des traits. Figure jeune, à la peau lisse, sans imperfection. Qu'elle était belle ! Je l'aperçois encore dans l'entrebâillement de la porte. C'est ce visage d'elle, offert et doux, que je veux garder pour le souvenir.

118

Après un « Bonjour » enjoué, elle s'est interrompue. Elle me fixait. Restait rivée à mon regard, réduite à lui. Très vite j'ai éprouvé de la gêne. J'ai détourné les yeux. J'ai souri, mais j'ignorais pourquoi.

Elle devait prendre des photos de mes sculptures. En a pris des dizaines de moi. Surtout du visage. Des gros plans. Mon malaise augmentait. J'avais l'impression que mon invitée ne me photographiait pas moi, mais plutôt quelqu'un à qui je ressemblais.

Je lui ai rappelé qu'elle était venue pour mes figurines. Que chaque mousmé l'attendait. Elle m'a demandé la signification du mot étranger. J'ai traduit mousmé par « jeune fille ». Elle a eu un rire clair, si spontané qu'il a dissipé mes tensions. En répétant « mousmé », elle s'est avancée au milieu de mes œuvres. Les touchait. Non ! Elle les sculptait à nouveau. Sa façon de palper les formes. De passer les doigts dans le fil du bois. Un respect. Puis, elle a repris son bavardage. S'est exprimée sur mon art. Malgré l'immobilité des personnages, une force les travaillait, affirma-t-elle. Une sorte d'élan contenu. Elle était séduite par ces êtres d'une tristesse infinie. Des femmes à peine adultes ou vieilles, demi-mortes, toutes. Des statuettes sans pieds ni jambes ; un kimono les cachait, empêchait un départ. La dualité de mon œuvre la retenait. Venait-elle de la laque vive et brillante recouvrant les silhouettes ? L'explosion de coloris suffisait-elle pour combattre l'inertie ? Elle ne le savait pas. Perplexe, elle a cajolé ma dernière production. L'a retournée et s'est étonnée de découvrir un centre vide. J'ai expliqué que, selon l'art japonais, chaque pièce était creusée de l'intérieur, parfaitement évidée. L'esprit pouvait ainsi se faufiler dans la statue. L'animer.

À la fin de mon commentaire, la journaliste est devenue fébrile. Un éclat particulier émanait d'elle, du moindre pore de sa peau. Sur son front, la sueur, des gouttes de lumière. J'avais devant moi l'art, pur, ultime ! La vie s'enracinait dans son corps de femme. Dans ses mouvements qui ne parvenaient pas à épuiser l'exubérance de son être.

J'aurais voulu la sculpter. Là. À l'instant.

Je l'observais. Elle déambulait parmi mes statues. Légère dans le pas, dans le rythme marqué. On aurait dit qu'elle dansait. Que cela lui était naturel. J'étais sous le charme. J'ai murmuré : « Gab, dear Gab. » Avec aisance, elle a pivoté. S'est dirigée vers l'établi et s'est assise à mes côtés. Un moment, long, elle m'a regardée. Puis m'a confié qu'elle adorait que je l'appelle Gab.

Je l'ai laissée parler.

La chaleur rétrécissait l'espace. L'après-midi s'en allait. Je ne voulais pas que Gab parte. Pas si tôt. Elle m'interrogeait. D'où provenait mon besoin de l'art ? Et Dieu, j'y croyais ? Avais-je appris le français en Amérique ? Des pourquoi de reporter. Elle désirait connaître mon enfance, ma famille. Également mes projets. Je lui ai raconté quelques anecdotes, sans plus. Elle m'a posé mille questions. M'a fait reprendre depuis le début.

Je lui ai dit que j'étais née au Japon. À Kyoto, la vieille ville des temples. Jadis, les empereurs habitaient la cité impériale. Sa région, renommée pour ses textiles, prospérait.

Mon père était marchand de tissus.

J'avais grandi dans la plus pure tradition japonaise : au son de ses légendes. À l'école, nous apprenions à devenir toutes identiques. La différence n'avait pas sa place. La plus grande qualité pour un enfant : se fondre dans la masse. J'ai expliqué à Gab que mon pays était fait de rites, de cérémonials. Et je lui ai détaillé ceux dont je me souvenais.

Ma mère ne voulait pas quitter le Japon. Soumise à son mari, elle l'a suivi en France. J'avais sept ans. J'ai appris une autre langue. Une nouvelle culture. Pourtant, je demeurais une étrangère. J'ai raconté à Gab ma peine. Mon déracinement. Les années se sont succédé. L'enfance n'était plus.

Au lycée, j'avais quelques camarades. Je m'habituais lentement aux mœurs du pays. Pas maman. Elle dépérissait. Mourut de chagrin. J'étais inconsolable. Papa ne se pardonnait pas la mort de sa femme. Il lui fallait quitter la terre meurtrière. D'ailleurs, la France ne répondait pas à ses attentes. Le commerce s'y avérait difficile.

Quelques mois avant mes dix-huit ans, nous avons débarqué à New York. Il pleuvait. Un novembre froid. Inhospitalier.

L'exil m'écrasait. Je me sentais apatride. Une errante.

Papa a trouvé du travail dans le textile. Il peinait dur. Rentrait tard, mais veillait sur moi. Il souhaitait que mon avenir soit meilleur que le sien. Différent.

Nous habitions Manhattan dont la démesure me fascinait. Bordées de gratte-ciel, ses avenues s'apparentaient à d'interminables tunnels. Partout, les gens se hâtaient. Ils couraient, je ne savais où. Cette ville me plaisait.

Quelques mois après notre arrivée en Amérique, je sculptais ma première figurine. Une mousmé nue, dépouillée de tout.

J'ai pris des cours avec un maître. Il m'a enseigné son art. Me l'a transmis dans le labeur.

Au milieu de la vingtaine, j'ai exposé dans le hall d'un hôtel. Le lendemain du vernissage, papa mourut. Il est décédé fier de sa fille. « Tu es notre avenir », furent ses dernières paroles. Gab a eu droit au récit de ma douleur face à la perte de mon père.

J'étais orpheline. Seule.

Dans les années soixante-dix, je m'étais installée à SoHo. J'utilisais une section d'usine désaffectée. Depuis, je travaillais là. J'y vivais.

Gab m'écoutait encore. Mais elle m'a réclamé plus de détails. J'ai accédé à sa demande. Moi qui n'avais que peu de temps à lui donner, je lui ai relaté mon existence jusque tard dans la soirée...

La lune s'était levée avec la fin de mon récit. L'humidité persistait. Me rendait indolente. Je ne ressentais ni fatigue ni faim. Juste l'envie d'être avec mon invitée.

Je voulais que Gab reste. Passe la nuit ici.

I loved her.

Elle a parlé de mon regard, envahissant, si sombre qu'elle en perdait les nuances du brun. À mon grand étonnement, elle me désirait, moi, une femme ! Que se passait-il en elle ? Un attrait éphémère ? Subit ? Aucune importance ! Gab ne feignait pas. Elle me désirait vraiment. Je l'ai su à sa façon de me toucher. Une pression sur ma nuque. Un attouchement. J'ai fléchi. Elle me devançait. Impatiente dans ses jeunes trente ans. Généreuse dans ses rires, dans ses folles étreintes. Sa ferveur m'emportait. Des gémissements. Les miens, pleins de son odeur. Et ses caresses sur mon corps vieillissant ! Gab effaçait mes rides. Ma mémoire. L'exil.

Mes paupières tombaient. Tant de volupté ! Un soubresaut chez Gab, une sorte de peur. Nerveuse, elle manipulait sa croix de marcassite, bijou trop sobre sur le mat de sa peau. Gab s'affolait. M'a suppliée. Des mots incrustés dans ma tête : « Ne ferme pas les yeux ; sinon, je n'existerai plus. » Étrange phrase pour ma belle guerrière ! Je l'ai rassurée. Aimée. Dans l'air épais, je l'ai prise. Elle était chaude et insoumise. Ivresse, jusqu'au bout. Puis, à sa manière, jeté en travers de ses lèvres, Gab m'a appelée « ma mousmé ». Ce surnom, elle devait le redire, souvent après l'amour.

Je n'étais plus seule. Gab existait. Elle n'était pas la première femme dans ma vie, mais serait la dernière. Je le

pressentais. Ne pourrais plus désirer aussi fortement. Ni da-
vantage. Une telle intensité ne se retrouve pas. Je ne voulais
plus d'aventures décevantes. J'aimais Gab. Lui ai dit qu'en sa
présence la souffrance ne pouvait plus m'atteindre.
Nous nous sommes endormies.
Elle était venue pour une entrevue. Trois jours plus tard,
nous quittions SoHo. J'allais m'installer à Lac-aux-Sables. J'y
serais à l'aise pour sculpter, pour l'aimer, avait soutenu Gab
en m'embrassant.

Elle ne lit plus. Ses doigts vont et viennent sur la feuille
noircie, comme s'ils cherchaient à déceler l'envers du texte.
Yukiko semble plus perplexe que troublée. La barre sur son
front, un pli que provoque le doute.

– Je n'ai pas menti, mais...

À quoi fait-elle référence ? Aux caprices du souvenir, sans
doute. Yukiko ne sait plus où se situe la vérité ni s'il en existe
une, une vérité. A-t-elle trahi la réalité en l'écrivant ? Et puis,
est-ce vraiment ainsi que tout a commencé ? Pire, désirait-elle
Gabrielle autant qu'elle l'a mentionné ? Cette femme ne voulait pas mentir. Seulement, sa mémoire a sélectionné des événements, les a embellis ou, tout au moins, transformés jusqu'à
les rendre, parfois, incertains. Et les pages suivantes, tracées
sous le coup de la rupture, dans un mal si lancinant qu'il serait
alors moins douloureux de mourir que de s'entêter à vivre, sont-
elles une copie conforme de sa liaison avec Gabrielle ou pure
fabulation de ce qui n'était déjà plus ?

Sur la plage, en bordure de l'eau, un homme marche, solitaire dans sa promenade. Malgré son âge, il avance solide et
fier dans son manteau bien coupé. Sa réserve, tant dans les
gestes que dans la démarche, rappelle l'allure des gentlemen
anglais. Voilà qu'il passe devant Yukiko et ralentit, un instant,
le temps de la saluer en soulevant discrètement sa casquette. Il

ne s'attarde guère plus. Il poursuit son chemin, laissant derrière lui un filet de fumée odorante, un parfum de tabac hollandais.

Yukiko n'a pas remarqué le vieil homme. Assise en tailleur, absente à la douceur de l'air, elle demeure de la sorte, sans bouger, sans aucun intérêt pour le vent aussi léger que tiède sur son visage. Un soleil d'après-midi l'enveloppe, fait miroiter le verre de ses lunettes. On ne perçoit plus les yeux sombres et bridés. Tout ce que l'on sait se ramène à une silhouette penchée au-dessus d'un cahier d'écolier, ligné, semblable à ceux dans lesquels les enfants rédigent leurs devoirs.

Une bruine serrée tombait. Près de la Volvo, Gab m'épiait. Je marchais sur la grève. Devant moi, le lac. Je le découvrais. Après dix heures de route, je pouvais enfin m'en approcher. Il s'imposait, gonflé et gris. Par moments, ses eaux devenaient foncées, amorçaient de fausses vagues. J'aurais aimé pénétrer dans l'étendue mouvante. Un ensorcellement. Gab est venue me rejoindre, m'a prise par la taille. Longtemps, le sable mouillé a crissé sous nos pas. Rien ne nous pressait.

C'était mon premier après-midi à Lac-aux-Sables.

La pluie augmentait. Gab désirait rentrer. J'ai vu sa maison. Elle lui ressemblait : chaleureuse. Une construction récente remplie des traces du neuf. Des murs surchargés de photos disposées sans ordre ni recherche. Et l'affiche d'un cirque ! Elle semblait surgir du passé avec ses couleurs surannées, ses coins ébréchés. Dans le living-room, des meubles de brocanteur, disparates. Décor fantaisiste. Celui d'une enfant qui voulait exposer l'ensemble de ses trésors.

Facing the windows, I was relaxing. Shadows played on the lake.

I felt at home. Right then.

Gab m'a entraînée dans la pièce d'à côté. Dans notre chambre. Elle a déboutonné mon chemisier. Sur ma poitrine tombante, ses lèvres, sa ferveur. Ses parcours inventés jusqu'à l'impudeur. Gab m'arrachait à la fatigue du voyage. Elle fouillait ma chair. S'aventurait plus profondément encore, là, en moi, avec avidité. Une démesure qui, par la suite, ne devait cesser de m'étonner. De me ravir.

La nuit allait nous surprendre. Pas le sommeil. Il ne nous venait pas.

Je n'ai pas vu la fin de juillet. Gab ne finissait plus de célébrer mon arrivée. Elle réunissait beaucoup d'amis, des confrères. Les conviait à des parties qui se terminaient tard. Vêtue d'une robe claire, osée, elle virevoltait au milieu des invités. Parfois, une pause. Même à l'arrêt, elle paraissait sur le point de s'élancer. J'admirais son corps fait de mouvements. D'ailleurs, le moindre détail d'elle me séduisait. Sa façon de rejeter ses cheveux cendrés le long des épaules. Une désinvolture dans le geste. Dans ses sourires adressés à chacun. Gab donnait le ton à la soirée. À toutes les soirées. Elle raffolait des fêtes où le vin coulait à flots. Hospitalière, elle remplissait les verres. Pas le sien. Elle ne buvait pas. Elle ne l'a fait qu'à une occasion. Un cauchemar dont je voudrais m'éveiller.

Elle offrait des réceptions en mon honneur. J'étais un... Le mot français me manque. Un... un béni... une bénédiction. Oui, c'est ça. Gab prétendait que j'étais une bénédiction dans son existence.

Je souhaitais qu'elle le croie sa vie durant.

Gab avait eu raison. Dans sa maison, je sculptais à merveille. Un grenier vite devenu atelier. J'y avais installé plusieurs de mes outils. Mes ciseaux préférés, des râpes et maillets alternaient près de l'établi. Lieu inespéré ! J'aimais sa tranquillité. Spécialement sa lumière. Diffuse, elle dessinait des schémas sur mes blocs de chêne. M'inspirait. Je travaillais mieux qu'à SoHo. Gab ne s'était pas trompée.

Sous les combles, j'oubliais le temps. Gab me le rappelait. À son retour du journal, elle venait là-haut. Certains jours, elle s'accroupissait par terre. M'observait tailler le bois. Le dégrossir jusqu'à ce qu'une forme apparaisse. Attentive, elle surveillait le plus petit déplacement de la gouge. Retenait son souffle. Par crainte de me déranger.

D'autres fois, elle parlait sans arrêt. Selon elle, l'inertie de mes figurines en disait davantage qu'un élan développé. L'élément qui se dérobe excite l'imaginaire, enchérissait-elle. Elle élaborait des théories sur mon art. Sur ma minutie. Trop pressée pour devenir une artiste, elle ne trouverait pas la patience pour cultiver des fleurs ou des herbes odorantes, déclarait-elle. Gab continuait ainsi, mais ne s'écoutait pas. Aucune prétention chez elle. Qu'elle était attendrissante dans ses emportements ! Soudain, elle s'esclaffait. Un rire vif et taquin. Si spontané qu'il suscitait le mien. Puis Gab m'enlevait. M'emmenait au lac.

Gab ne connaissait pas certaines peurs. Téméraire, elle se précipitait sur le sentier de la falaise. Le dévalait avec l'agilité d'une gamine. Quand elle perdait l'équilibre, elle ne s'apitoyait pas sur son sort. Elle se relevait. Me réclamait : « Si tu viens à mes côtés, je ne tomberai plus. » Cri d'amoureuse ! Il annulait mon angoisse du vide. J'entreprenais ma descente. J'allais vers elle. Ensemble, nous gagnions la berge où je m'étendais, épuisée. Un court répit. Gab me traînait au bord du lac. Là, amusée, elle lançait des cailloux. Ceux-ci sautaient, effleurant à peine l'eau. Ils rebondissaient. Encore. Sans cesse plus loin. Ensuite, ils coulaient au fond. À la surface du lac, plusieurs ronds. Puis, plus rien. Gab se révélait d'une grande habileté. D'après elle, ça se résumait à un simple jeu du poignet, qu'elle m'a enseigné. À cent reprises, je me suis exercée. Lorsque mon caillou effectuait au moins un bond avant de caler, Gab m'enlaçait. Très vite, je suis devenue assez adroite.

Durant les soirées d'août, nous nous installions au pied du cap. After our picnic, j'avais pris l'habitude de me promener en canot. Gab ne venait pas. Pas plus qu'elle ne se baignait. Trop frileuse, elle affirmait. N'empêche que je comprenais son désir de posséder une maison près du lac. Il la fascinait. Proche de lui, elle devenait différente. Nostalgique ou apaisée. Je n'ai jamais vraiment su. Mais du moins Gab donnait l'impression de retrouver quelque chose de perdu.

Gab n'appréciait guère mes excursions. Ne me les interdisait pas pour autant. Elle m'accompagnait jusqu'au quai, m'aidait à détacher l'embarcation. Puis, elle s'assoyait au bout de la plate-forme, les jambes pendantes. Insistante, elle me rappelait que je devais user de prudence, que je ne saurais me débrouiller si le canot versait. A litany of advice ! Visiblement inquiète, elle fixait l'eau. Murmurait une phrase enfantine : « C'est là que demeure le peuple de la mer. » Voix monocorde des gens qui citent quelqu'un.

Je la laissais à ses chimères.

Balades écourtées. Hâte de retrouver la femme que j'aimais. Elle n'avait pas quitté sa place. M'accueillait de soupirs retenus. Presque des sanglots. Je me moquais d'elle. Rapidement, nos rires s'entremêlaient. Et nous gagnions les rochers.

L'inconfort ne nous gênait pas. Une tablette à dessin sur les genoux, je traçais quelques croquis. Gab lisait. Juchée sur un rocher, elle parcourait son vieux bouquin. Des pages froissées ; d'autres, fortement abîmées. Une couverture endommagée par le frottement répété des doigts. Le recueil d'Andersen, Gab le trimbalait partout. Également au travail. Souvent, au retour du journal, elle ouvrait son attaché-case ; au milieu des photos et dossiers, j'apercevais les contes pour enfants. Gab ne s'en séparait pas.

Pendant sa lecture, elle prenait des poses que je ne lui connaissais pas autrement. Ne bougeait plus. Restait ainsi, sage. Perdue dans des récits imaginaires. Je ne la dérangeais pas. J'attendais qu'elle me revienne.

La brunante tombait. Il nous fallait grimper la falaise. L'effort ne nous pesait pas. Bientôt notre chambre. Et nos contes à nous, réels. Merveilleux.

Gab m'apprenait l'insouciance. Avec elle, la vie devenait facile.

Le bourdonnement dans les rues de SoHo envahit mon loft. Mes souvenirs. Ceux-ci se bousculent. Me blessent. Les transcrire pour enfin les oublier. Tous. Y compris nos sorties les jours de congé. Nous partions à pied. Nous marchions jusqu'à la clairière de l'autre côté du lac. Gab affectionnait ce lieu. Elle me racontait que, début juin, le lilas y fleurissait. Et, taquine, elle déclarait que si elle m'aimait encore le printemps prochain, elle m'en cueillerait. Puis, en humant les arbustes sans fleurs, elle souhaitait qu'un promoteur immobilier construise une auberge à cet endroit. Elle affirmait que, de l'étage, le couchant sur le lac serait identique à celui qu'elle voyait du chalet loué par ses parents tout un été. Ou des propos du genre. Gab délirait. S'emportait jusqu'à prétendre que, si on y érigeait une auberge, par beau temps, elle louerait une chambre pour regarder le soleil disparaître dans l'eau et pour... Elle ne complétait pas sa pensée. Devenait taciturne. Je me gardais de la questionner. Quelques instants plus tard, Gab me prenait le bras. Elle retrouvait sa bonne humeur coutumière. Nous revenions en chantant des berceuses au milieu de l'après-midi. Nous savions inventer le paradis !

Que d'intenses moments partagés avec elle ! Je revis chacun d'eux. Particulièrement notre premier voyage à New York. Octobre démarrait. Depuis une semaine ou deux, Gab ne se portait pas bien. Elle n'avait plus d'entrain. Mangeait du bout des dents, elle, ma gourmande. Sans raison, elle s'absentait du travail. Je m'inquiétais. Elle s'en rendait compte. Me priait de ne pas m'alarmer. Sa morosité face à l'automne se reproduisait chaque année, me confia-t-elle. De plus, elle la tenait de sa famille. Sa mère détestait l'arrière-saison, amorce des froids, du repliement. Gab avait hérité de son aversion, laquelle se traduisait chez elle par une mélancolie extrême, insurmontable.

L'Action de grâces approchait. Je cherchais à distraire Gab. Un matin, je me suis rappelé sa passion pour Manhattan. Je devais m'y rendre : une exposition à mettre au point ; je ne voulais pas que mon art tombe dans l'oubli. Un voyage redonnerait de l'énergie à Gab. Son sourire renaîtrait. Elle a accepté. L'idée de retourner dans la ville des paradoxes l'enchantait. Et elle a redit le mot « bénédiction ». L'a épelé en détachant chacune des lettres.

J'étais heureuse de me retrouver chez moi. Mais, Gab et moi, nous avons peu vu Manhattan. La plupart du temps enfermées dans mon loft, nous nous sommes aimées.

Au retour, Gab n'était plus la même. Son rire résonnait dans la Volvo. Dans ses yeux, de nouveau le bleu des mers tranquilles. À la moindre occasion, elle m'embrassait. M'assurait que, désormais, l'Action de grâces porterait mes empreintes. Celles du bonheur, déclara-t-elle très haut.

I am not making up. I can't. Impossible de fabuler. Ma liaison avec Gab s'achève à peine. Le temps n'a pas pu déformer un passé si proche. Donc, pourquoi maintenir que j'éprouvais tant de bien-être avec Gab ? Si je pouvais me tromper ? Eh non ! Un simple sandwich et quelques sucreries prenaient des allures de festin. Nos soirées ressemblaient à des plaisirs aux couleurs délicates. Une se détache, inoubliable dans sa douceur. La pluie cognait aux fenêtres. Une pluie de fin novembre, drue. Les vents nous emmuraient. Tassées l'une contre l'autre, nous bavardions. Gab s'amusait à faire des pitreries. S'improvisait tour à tour clown et conteuse. J'aurais voulu l'écouter pendant plusieurs éternités. Elle n'avait plus d'histoires. Je lui ai demandé de me parler d'elle autrefois. Toute petite. Et la soirée a glissé, facile, comme son enfance. Comme les bribes qu'elle m'en a relatées.

Toujours elle avait plaint les enfants sans enfance. Ce n'était pas son cas. Personne ne pouvait s'apitoyer sur elle. Gab a commencé ainsi.

Elle ne possédait aucune qualité exceptionnelle. Une fillette ordinaire, continua-t-elle. Assez sage. Elle raffolait des poupées. Les collectionnait. Bien plus, elle les aimait. En gardait de toutes les sortes : des poupons à la peau rosée, des danseuses ou des grandes dames. Quelques-unes faites de porcelaine avec lesquelles Gab ne jouait pas. Trop cassantes. Elle se contentait de les admirer. Les plaçait en évidence sur sa commode. Une place de choix. Mais pas la meilleure. Elle réservait son lit à Amanda.

Ah ! l'espiègle Amanda criblée de taches de son. C'était son père qui la lui avait offerte. Gab la préférait aux autres. Lui confiait ses secrets, tout bas, pour ne pas éveiller de jalousie entre les poupées. Discrètement, elle la berçait. Le corps de chiffon, souple et chaud, se moulait au sien. L'été, Gab l'amenait au parc. Les cheveux d'Amanda paraissaient plus roux au soleil. Des cheveux que Gab tressait en nattes serrées. Défaisait. Reformait l'instant d'après.

Les matinées filaient. Gab s'amusait avec Amanda, son amie.

À l'âge de cinq ans, Gab a vécu un magnifique événement. Un nouveau-né est arrivé dans la famille. Un garçon. Il était minuscule et très fragile. Mais si gentil ! Tellement plus que les poupées inanimées. Il a remplacé chacune d'elles. Même Amanda qui fut confinée à la commode.

Gab prenait soin de son frère. Le dorlotait. Le petit gazouillait de plaisir. Lui faisait des risettes. À l'heure de la sieste, elle le regardait dormir. Remontait ses couvertures afin de le préserver du froid, des courants d'air. Des caresses des adultes.

Les jours nuageux, elle lui dessinait des lunes et des châteaux. Les plaçait dans son berceau. Elle veillait. Une fée. Gab aurait donné l'ensemble de ses jouets pour le soustraire aux déceptions. Et elle a promis de le protéger. Serment qu'elle devait tenir.

Très jeune, il a essayé de prononcer le mot « Gabrielle ». N'y parvenait pas. Il le déformait. Ne devait plus appeler sa sœur que par le tendre surnom de « Mabie ».

Gab a parlé longtemps de son frère. Elle le traînait avec elle. L'amenait dans les églises allumer des cierges. Au parc. C'était son protégé. Son chéri.

De sa mère, elle a beaucoup parlé aussi. Elle la trouvait belle et douce, autant que son prénom, Léonie, qu'elle a répété, attendrie. Gab aurait commis des folies pour lui plaire. D'ailleurs, elle en faisait des sottises ! Elle m'a livré une touchante histoire au sujet du lilas, la fleur de sa maman. Au printemps, la cour de l'école en regorgeait. Partout, des grappes parfumées, à portée de la main. Une ombre pourtant : personne n'avait le droit de toucher aux arbustes. Gab le savait. Défiait le règlement. Après la classe, elle cueillait d'énormes bouquets qu'elle cachait sous la galerie. Et, résignée, elle attendait la sanction, laquelle ne tardait pas. Sous l'œil sévère de l'institutrice, Gab copiait des phrases dont elle ne comprenait ni le sens ni l'orthographe. Malgré tout, elle s'appliquait. Puis, l'heure de la retenue passée, elle ramassait les fleurs fanées et courait les offrir à sa mère. Les punitions n'altéraient pas sa ferveur. Gab a continué chaque jour à couper du lilas. Elle terminait sa première année. A repris ses méfaits le printemps suivant. Les aurait accompli des années si sa mère n'avait découvert la faute. Léonie a vaguement grondé sa fille, pour la forme. Et de sa jolie voix faite pour lire des contes, aux modulations des rossignols, elle l'a suppliée de ne plus recommencer. Après, elle a enfilé au cou de l'enfant sa croix de marcassite, délicat pendentif qu'elle portait depuis son mariage. Gab a pleuré d'émotion. Elle a juré que le bijou lui rappellerait constamment sa mère.

Bien sûr, Gab avait éprouvé autrefois quelques chagrins, mais si anodins qu'ils ne méritaient pas qu'elle s'y attarde. Sa tendre enfance ressemblait à une fête. Surtout lorsque son père l'amenait au cirque. Moment béni ! Tant espéré ! Gab se serait rendue coupable des plus viles trahisons pour ne pas manquer une invitation au cirque. Elle attendait ce jour avec fébrilité et ne dormait pas la nuit d'avant. Dans sa tête défilaient les funambules, adroits sur leur fil. Le dompteur de fauves dont le courage n'avait d'égal que celui des trapézistes. Arrivait ensuite l'écuyère, son personnage favori. Gab ne respirait plus de peur que la cavalière ne tombe. Et revenait la ronde des êtres les plus fabuleux du monde.

Dès l'aube, Gab se levait. Tout en guettant l'heure du départ, elle effectuait d'innombrables pirouettes. Son père riait. L'appelait son acrobate. Elle continuait ses tours d'adresse. Se préparait ainsi le cœur. Enfin midi ! Escortée de son père et de son jeune frère, elle partait, heureuse. Sa mère ne les accompagnait pas. Le numéro trop hasardeux des saltimbanques lui causait de fortes migraines. Et puis, sous le chapiteau, l'air lui manquait. Elle étouffait. Léonie préférait rester à la maison, mais ne s'objectait pas à ces sorties, à l'exception d'une fois. Gab n'a pas précisé davantage. Elle a enchaîné avec la suite de son souvenir.

Les jours de cirque, son père les gâtait plus qu'à l'ordinaire. Il offrait à ses enfants des friandises et les meilleures places dans les gradins. Parfois, il leur proposait d'assister à une deuxième représentation. Joie suprême ! Gab battait des mains et salissait les joues de son père de ses baisers sucrés. Devant elle, le spectacle reprenait, toujours nouveau. La magie de l'écuyère se reproduisait. Montée sur un pur-sang, la cavalière paradait. Allait de plus en plus vite. Puis, elle grimpait sur la selle de l'animal, saluait la foule. Le cœur serré, Gab la surveillait. Elle l'admirait. Aurait voulu mériter, elle aussi, les applaudissements du public.

La fin de la journée se déroulait plus calmement. Son père ramenait les enfants aux yeux chargés de fatigue. De merveilles. Et leur promettait d'autres visites au cirque.

Durant notre soirée de novembre, Gab m'a livré des fragments de son enfance. Elle n'est pas allée au-delà de ses onze ans, moment du décès de ses parents. Un accident terrible, meurtrier, qu'elle n'a pas détaillé. La douleur l'en empêchait.

Sur les années qui ont suivi le drame, Gab ne s'est pas attardée. Elle n'est plus retournée au cirque. Jamais. Son frère et elle furent pensionnaires. Ils s'écrivaient. Ont grandi jusqu'à devenir des adultes. Un quotidien sans histoire, l'existence de la plupart des gens, conclut-elle.

Je connais sa vie. En entier ou presque. Et si Gab a omis quelques incidents, c'est qu'elle les avait oubliés. Elle ne les a pas soustraits volontairement. Elle ne le pouvait pas. Tout chez elle s'étalait, clair et limpide. Gab se donnait sans mystère, sans pudeur. Elle n'avait aucun secret à mon endroit. Ne fermait

*même pas à clef le coffret dans lequel elle conservait les lettres
de son frère ! Gab partageait avec moi son passé. Son présent.*
I love her. I will for a long time. Against my will.
– Je n'ai plus aimé depuis elle.

Un gémissement sourd mais long, semblable à une plainte
qui n'en finirait plus d'exprimer une souffrance contenue pendant des années, vient de morceler le silence de la plage.

Les lèvres de Yukiko tremblent encore du cri étouffé. Voilà
que la femme enlève ses lunettes, les dépose à plat sur le cahier,
là, grand ouvert sur le sable. D'un geste mal assuré, elle masse
ses mollets, continue de le faire sans conviction, espérant seulement diminuer les raideurs causées par la pose prolongée.

Surgi de nulle part, un coup de vent, aussi inattendu que
violent, agite le feuillage des érables bordant la berge. Des
feuilles voltigent et dessinent de folles trajectoires avant de
s'étaler sur le sol, le colorant de taches d'un jaune clair ou d'un
orangé proche des rouges. Puis, le vent se calme, s'atténue
jusqu'à n'être plus qu'une brise inoffensive.

L'ombre sur le lac a changé. La lumière n'est plus tout à
fait pareille, moins liquide que tantôt. Yukiko se recroqueville,
petite malgré sa carrure plutôt forte. On dirait qu'elle a froid.
En octobre, la fraîcheur tombe vite. Il suffit que le soleil tourne
un peu et, dans l'instant, la température devient inconfortable.

Une mèche de cheveux blanchis dissimule le front, donnant
ainsi au visage une apparence plus vieille que son âge. Yukiko
ne se préoccupe pas de cela, reste de la sorte, repliée dans sa
misère, le dos voûté, avant de se lever brusquement, d'un mouvement si raide qu'il révèle l'urgence d'agir. À pas saccadés,
chargée d'un passé qu'elle vient de lire et qui n'existe plus sinon
par le souvenir, elle marche.

– Je ne peux pas lui vouloir de mal. Personne ne le pourrait.
Gab attire l'amour. Juste ça.

Yukiko a prononcé ces mots avec résignation, dans un mélange d'impuissance à dire l'inverse et dans le désir qu'il en soit autrement, en continuant d'avancer vers l'eau.

– Sometimes, I hate her. But I miss her. Every second.

Elle s'arrête. Du bout du pied, elle remue le sable, fait rouler des cailloux plats et lisses, puis en ramasse quelques-uns. Elle les a choisis en fonction de leur forme et de leur grosseur, les a soupesés à plusieurs reprises. À présent, elle s'applique, met toute son attention à tendre le bras, à plier le poignet de la même manière que Gabrielle le lui a enseigné. Yukiko respire profondément et, concentrée à l'extrême, elle lance un premier caillou qui vole dans l'air, assez loin, mais trop haut, beaucoup trop éloigné de la surface du lac. Au bout de sa course, il redescend, droit, et coule à pic. Il n'a effectué aucun bond sur l'eau, pas un seul.

– What clumsiness ! Je ne sais plus jouer.

Déçue, elle jette à terre les autres cailloux.

– Gab ne m'enlacerait plus.

Un temps de réclusion, interminable. La peine dure. Soudain, une lueur traverse le regard qui recouvre son éclat, sa teinte sans nuances des jours de certitude.

– Je retrouverais mon habileté si Gab me réapp...

Elle tait ce qu'elle n'ose espérer. De toute évidence, Gabrielle désire la revoir simplement à cause d'un ennui passager, et loin d'elle l'idée de renouer avec son ancienne amante. Yukiko doit s'y faire. Les miracles n'existent pas. Et l'espoir, lui, ne sert qu'à alimenter des leurres qui s'évanouissent avec l'aube, laissant derrière eux le goût âcre des déceptions. Yukiko se ressaisit, tourne le dos au lac et se dirige vers la place qu'elle occupait tout à l'heure.

Désarmée et avec l'hésitation de quelqu'un qui se saurait piégé d'avance, elle souffle le sable que le vent a poussé sur le cahier. Elle remet ses lunettes, les ajuste en regardant sa montre. Plus de deux heures la séparent encore de son rendez-vous avec Gabrielle. Donc, si elle le souhaite, Yukiko peut poursuivre la lecture de son journal, et elle le fait, mais en reprenant les derniers passages lus. Elle veut se les remémorer une fois de plus, nul doute.

Je connais sa vie. En entier ou presque. Et si Gab a omis quelques incidents, c'est qu'elle les avait oubliés. Elle ne les a pas soustraits volontairement. Elle ne le pouvait pas. Tout chez elle s'étalait, clair et limpide. Gab se donnait sans mystère, sans pudeur. Elle n'avait aucun secret à mon endroit. Ne fermait même pas à clef le coffret dans lequel elle conservait les lettres de son frère ! Gab partageait avec moi son passé. Son présent.

I love her. I will for a long time. Against my will.

De gros flocons tombaient. Une neige molle. Gab s'amusait. Elle était coquette dans son manteau de mohair bigarré. Vaillante dans la construction d'un bonhomme de neige. Le personnage prenait forme. Il avait une stature imposante, une tête ronde et chauve. Jeux d'enfant.

Transie, j'aidais Gab de mes encouragements. Elle me réchauffait de baisers. Un baume sur mes lèvres gercées.

Un après-midi tranquille, tout blanc. Le calme. Quel contraste avec les fêtes de fin d'année ! De celles-ci, je me remettais à peine. Une période chargée de festivités, de sorties. Chaque jour, des amis venaient. Nous faisions de longs repas près du sapin illuminé. Instants inoubliables.

Ces moments me manquent. Gab n'avait cessé de m'émerveiller. Une fébrilité chez elle. Depuis l'Avent, elle s'activait. Elle avait décoré la maison dans les moindres recoins. Aux fenêtres, elle avait suspendu des anges de paille : véritables gardiens. Infatigable, elle avait passé des heures au fourneau.

Au milieu des fumets délicats, elle parlait de notre premier Noël et des suivants. Une tradition bientôt, renchérissait-elle, amoureuse.

Je l'écoutais, émue. Au bord des larmes.

Noël a ressemblé à un rêve. Minuit. Les cantiques. Gab était ravissante dans sa robe de satin moiré. Les invités se montraient joyeux. Une atmosphère de fête. Tourbillon de réjouissances. Il en fut ainsi jusqu'à l'Épiphanie.

Je me suis installée dans l'amour de Gab. Dans notre avenir.

L'hiver fut dur. Glacial. When days became shorter and shorter. Je ne m'habituais pas à la rareté de la lumière. Pourtant, je produisais beaucoup. Peut-être une façon de lutter contre les intempéries ?

Le matin, lorsque Gab était partie au travail, je m'ennuyais d'elle. La hâte de la retrouver m'habitait sans cesse. Elle le devinait. Elle rentrait tôt. Écourtait parfois une entrevue. Je la grondais pour la forme. Comme le faisait sa mère pour le lilas dérobé.

Enfin ensemble ! Plaisir tant attendu. Nous nous installions près des fenêtres. Gab se plongeait dans les contes d'Andersen. Ou, paresseuse, elle fixait le lac. Sans souffrance, simplement immobile. Elle n'était plus que ça, un regard sur une étendue givrée. Je ne la dérangeais pas. J'entendais son silence. À qui pensait-elle ? À ses amants d'avant ma venue ? Combien d'hommes avaient parcouru ses naïfs trente ans ? Me garderait-elle longtemps ? Et après moi, quels êtres laisserait-elle entrer dans sa vie ? Ces interrogations me torturaient. J'essayais de les enfouir loin. Très loin. Je m'occupais alors de la finition d'une pièce. À l'aide d'un papier d'émeri, je ponçais une figurine. Bois lisse, plus pur. Fine poussière sur mes mains. Sur mes questions.

Dehors, le jour finissait.

Lentement, Gab sortait de sa léthargie. Puis, un peu perdue, elle s'étirait. Me souriait.

Le désir nous volait au sommeil.

Dans la clarté fragile de la veilleuse, nous nous aimions. Gab, ma fougueuse ! Son odeur sur mon corps, sur ma peau, dans les replis venus de l'âge. Chaude coulée de salive sur mon sexe. Nos silhouettes confondues. Mais arrêtées là, en plein élan. Gab se débattait contre mon ombre. Elle me voulait. Me prenait. Elle gémissait : ma mousmé. Ses mots devenaient une cantate.

Au-delà de la durée, la passion de Gab me recouvrait.

Si je m'assoupissais, Gab me réveillait. Si je fermais les yeux, je ne l'aimerais plus, telle était sa crainte. Au creux du lit défait, je veillais. Rassurée, elle balbutiait des : ma mousmé, ma mousmé.

Ce surnom, Gab l'a repris plusieurs fois. Jusqu'à la fin de notre liaison.

Les semaines filaient trop vite. Le temps m'échappait. En est-il toujours ainsi lorsque le malheur nous ignore ?

Gab ! Gab ! Elle était... one of a kind. Irremplaçable. Elle s'attardait à des éléments que personne n'aurait remarqués. Au décours de la lune, par exemple. Ou à la profondeur de mon regard. S'il pleuvait, elle me persuadait de fermer les yeux : elle ne voulait pas que la pluie les décolore. Les jours de grand soleil, elle m'incitait à porter des verres fumés. Gab affirmait que trop de lumière altère la couleur. Puis, elle se pendait à mon cou, ravie de ma docilité. Certaines nuits, haletante, elle m'éveillait. Elle prétendait étouffer lorsque mes paupières restaient fermées. Je la prenais contre moi. La cajolais ; sa respiration s'apaisait et le sommeil l'emportait.

À présent, c'est moi qui ai cessé de respirer. Gab ne m'aime plus.

Manhattan se démène dans l'été. S'excite. Me semble vide. La rupture me tue. Je suis sans avenir. La sculpture n'a plus aucun sens. Le quotidien non plus.

J'ai tout perdu. Everything. La voix de Gab à son réveil, vaguement éraillée, mais gaie. Si gaie ! Son rire me hante. Aucun incident ne pouvait le ternir. Sauf une migraine subite, violente, et qui lui arrachait des larmes. Me blessait l'âme. J'attendais que le mal passe. Que des éclats de rire surgissent à nouveau. Gab pressait ses tempes. Ça durait une éternité. La douleur s'atténuait. Et je retrouvais ma compagne.

Je ne me lassais pas d'être avec elle. De l'observer, aussi naïve dans ses attitudes que dans l'abondance de ses paroles. Je la trouvais belle. D'un charme quasi indécent de par sa candeur. Je le lui affirmais sur tous les tons. Gab ne me croyait pas. Elle était ignorante de sa beauté. On ne le lui avait jamais dit, probablement. Non, non, je dois me tromper. Son frère avait dû le lui répéter souvent. D'ailleurs, à l'occasion de notre unique rencontre, il en a parlé. Je me le rappelle. Il séjournait à Bermont par affaires. Un congrès des gens du livre, je pense. Gab l'a invité à dîner. Il est arrivé à l'heure précise, chargé de marguerites pour sa Mabie. Pour la plus que belle, déclarat-il en embrassant sa sœur. Sa lèvre inférieure tremblait. Il paraissait angoissé. Il maîtrisait mal son malaise. Je m'inquiétais. Il a détourné l'attention. M'a interrogée sur mon art, s'y est beaucoup intéressé. Il est parti tôt, encore tout anxieux. Après son départ, Gab m'a confié qu'il venait de rompre avec son amie. Ses relations avec les femmes ne duraient pas, ajoutat-elle, affligée. Je l'ai prise dans mes bas. Elle m'a souri avec retenue. She was so beautiful ! Son frère avait bien raison de la proclamer la plus que belle !

À qui Gab sourira-t-elle maintenant ? Un autre l'aimera-t-il autant que moi ? J'ai des doutes. Il ne le pourra pas. Et elle, comment se comportera-t-elle ? Je préfère ne pas savoir. Je ne veux pas qu'elle accepte les cadeaux de cet inconnu. Elle repoussait les miens. Un incident à ce sujet refait surface.

Avril s'étirait à travers les giboulées. Le soir tombait. Gab rédigeait un article. Moi, j'examinais mes plus récentes pièces. Une figurine s'en détachait, la dernière sculptée. Elle me laissait songeuse. Je l'ai montrée à Gab qui s'est arrêtée d'écrire. Elle l'a prise, émue. Selon elle, le mouvement transperçait l'œuvre. Un éclatement travaillait les formes, les contours dilatés. Et puis, le kimono fendu sur la longueur libérait les pieds en marche. Ma compagne était formelle : mon art avait changé. La fuite s'intensifiait jusqu'à la révolte. Le cri s'entendait, insista-t-elle. Gab s'exaltait. Elle câlinait la statuette. Instinctivement, j'ai eu envie de la lui donner. Je l'ai fait. Gab a reculé et elle a déposé la sculpture. Elle n'en voulait pas ! Les cadeaux portent malheur, bafouilla-t-elle avant de courir vers notre chambre. De s'y enfermer, sans moi.

Elle a refusé ce que je lui offrais. Elle n'a jamais accepté mes cadeaux. Gab ne désirait rien de moi. Pas le moindre souvenir. Pas la plus infime trace de mon passage.

Gab, pourquoi notre rupture ? Pourquoi ? Je ne comprends pas.

I hurt.

Journal inutile. Une transcription réalisée dans la douleur. Chronique parsemée de trous. Je suis trop vieille. J'ai perdu la mémoire. Je l'ai donnée à Gab, qui ne le sait pas.

Des saisons dénouées. Un printemps... L'arrivée du printemps m'a fait découvrir une nouvelle facette de Gab. Elle avait un défaut énorme. Mais sa jalousie m'a enchantée. Tout a commencé à la suite d'un dîner.

Gab partageait son bureau du journal avec un collègue qu'elle estimait : Paul. Elle me parlait souvent de lui. Il était seul. N'avait pas de famille, excepté une sœur aînée qui habitait Paris depuis près de treize ans. Elle enseignait dans un lycée, je crois. Elle se nommait Gemma.

Lors d'un congé, Gab a décidé d'inviter son ami. Elle s'est appliquée à la préparation du repas, succulent. La soirée s'est passée agréablement. Paul s'est révélé un être généreux et cultivé. Il avait beaucoup voyagé et s'est exprimé avec intelligence sur le Japon, sur ses rites ancestraux. Prévenant, il nous a entourées d'attentions. Il nous a quittées tard, à regret, avoua-t-il.

La porte à peine refermée, Gab a éclaté. La jalousie déformait sa bouche. Mon amoureuse soutenait que, durant des heures, Paul n'avait cessé de me dévisager. De me couvrir d'une tendresse déplacée. Et quoi d'autre ? Ah ! oui, de m'amadouer avec des histoires sur mon pays. Gab s'est emportée jusqu'à piétiner les tulipes que Paul nous avait offertes.

Je ne bougeais pas, complètement dépassée et ravie.

Son emportement a tourné aux larmes. Elle pleurait. Me suppliait de ne pas l'abandonner. Ne pas l'abandonner. Elle répétait : « Tu n'en as pas le droit. » La peine hachurait sa voix. Des sanglots d'enfant la brisaient. J'aurais fait n'importe quoi pour arrêter ce massacre. Et j'ai juré à Gab de ne pas m'en aller. Mon existence entière avec elle.

Nuit d'insomnie.

Gab n'a pas dormi deux minutes. Elle me réveillait à tout bout de champ. Elle s'assurait que je vivais toujours. Et que je ne l'avais pas laissée.

Elle n'a plus invité Paul. À quelques reprises, je le lui ai fait remarquer. J'ai décelé un agacement dans les répliques de Gab, mais de moins en moins prononcé. Avec le temps, elle redeviendrait amie avec son collègue. Je l'espérais.

La chaleur est arrivée tôt. Juin a ramené nos flâneries, nos interminables promenades et mon anniversaire. Pour mes cinquante ans, Gab voulait une gigantesque surprise-partie. Je désirais être seule avec elle. Elle me l'a accordé aisément.

Au matin, elle a préparé un pique-nique et une abondante réserve de taquineries. Puis, côte à côte, nous sommes parties vers l'autre rive du lac. Nous marchions si proche que nos ombres se frôlaient. Par-ci, par-là, des courants de fraîcheur flottaient dans les sous-bois. Gab me couvrait alors de ses caresses.

Après quelques arrêts et un début de fatigue, nous sommes arrivées à la clairière. Qu'elle était accueillante ! Ses larges trouées sur l'eau lui donnaient des allures de jardin marin. Partout, le lilas en fleurs, son parfum aussi marqué que ses mauves. Instant de grâce ! Et Gab ! Elle s'éparpillait. Dans l'air matinal, elle s'agitait, replaçant la nappe qu'elle venait juste d'installer. Puis, charmeuse, elle m'a demandé de m'étendre. M'a fait fermer les yeux. Je ne devais ni bouger ni poser de questions. J'ai obéi. Soudain, une pluie d'odeurs. Une sensation de velours sur mon visage. Dix grappes de lilas, une pour chaque décennie à vivre ensemble, chantonna-t-elle en guise de souhait.

La plus belle des fêtes. Gab m'avait cueilli du lilas. Elle m'aimait donc encore ? Et pour un siècle à venir ? C'était le bonheur.

Je vieillirais dans la certitude.

Vaincue par ses souvenirs, Yukiko s'affale sur la grève et demeure de la sorte, raide, malheureuse, le journal fermé sur la poitrine. Elle essaie de combattre le temps ou, plutôt, de l'écarter. Seulement, elle sait que le mal ne meurt pas ; au mieux, il s'assoupit, guère plus. Puis, sournoisement, lorsqu'on l'attend le moins, il revient avec fracas, abîmant les rêves aussi bien que la mémoire, n'épargnant aucun retranchement, pas plus que la douceur de l'air.

Yukiko ne bouge pas, là, affaissée sur le sable, sans envie, hormis celle que la douleur s'atténue, ne serait-ce qu'un peu. Elle est incapable de poursuivre sa lecture : le fantôme de ce qui n'est plus l'emporte. Pourtant, la narration des onze mois et demi achève : il n'y a plus que quelques pages d'écrites. Il s'agit de la rupture, impossible d'en douter. D'ailleurs, cette femme a raconté sa liaison entière à partir de ce prisme. Pas une seconde, elle n'a cessé de vivre la fin. Et maintenant, dans un entêtement qui n'est plus de son âge, elle refuse de la revivre une autre fois.

L'ombre s'avance plus avant, camouflant une partie du dé-cor. Il fait encore grand soleil, mais celui-ci est moins haut que tantôt dans un ciel dépourvu de nuages et d'un bleu si pur qu'il rappelle la teinte des cartes postales. Le fond de l'air a beau-coup fraîchi. La luminosité, elle, semble avoir perdu la finesse de sa transparence. Tout autour, le calme.

Dans la tranquillité de l'heure, une voix se faufile, sans écho tellement le débit s'offre lent, trop bas.

– Je l'ai aimée dès le premier instant, ce début de ma vie. Je l'ai aimée à genoux.

À bout de souffrance, Yukiko se tait et, à travers ses lunettes, elle fixe le firmament, comme le ferait un aveugle, sans voir. Son regard, simplement posé quelque part, ne suit d'aucune façon un passage d'oies des neiges s'apprêtant à survoler le lac. Malgré la distance, on entend cacarder les oiseaux migrateurs qui strient l'espace de leurs élégants battements d'ailes. Ils poursuivent leur destin et filent vers le sud. Rapidement, les oies se rapprochent ; leurs piaillements rauques couvrent à présent le murmure de la Japonaise.

– My little mermaid. My... ma petite sirène.

Des mots venus de son histoire et qui bousculent le corps pris de tremblements. Dans un effort démesuré, Yukiko se rassoit et enfile son tricot, se ramasse sur elle-même afin de trouver un brin de chaleur. Elle frissonne toujours. Des vagues, brèves, saccadées, la traversent.

– Ce n'est pas fini. Je refuse. Gab, Gab, reprends-moi !

Elle se tient courbée, vulnérable dans son désir, dans la folle attente qui la pousse à manipuler nerveusement le journal, à le retourner de tous côtés. Elle éloigne le cahier, l'ignore ; déni qui ne dure pas puisque Yukiko le reprend et l'ouvre à l'endroit précis où elle l'avait laissé. Un autre vol d'oiseaux s'avance au-dessus d'elle. Telle une poudrerie, les oies blanchissent l'horizon et criaillent à pleins poumons. Absente aux éléments qui ne portent pas le nom de Gabrielle et mue par une force subite, probablement par le vain espoir que la rupture ne soit pas aussi définitive qu'elle le croyait il y a sept ans, Yukiko se plonge dans la fin de son histoire, dans la mort, la sienne.

Le bonheur n'a pas duré cent ans. Il a pris fin le surlendemain de mon anniversaire. Ma certitude s'est effritée. Poussière au vent.

Dix branches de lilas embaumaient la maison. Gab s'était accordé une journée de vacances. Je l'avais imitée. Un matin entier à flâner au lit, ensemble. Ensuite, un après-midi de soleil au bord du lac, et... et le... et le début de la déchirure.

Gab s'était installée sur le débarcadère. Avant même que je parte en canot, elle attendait que je revienne. Elle ne s'accoutumait pas à mes excursions. M'a redit d'être vigilante, de ne pas l'abandonner trop longtemps. Puis, inquiète, elle m'a surveillée alors que je m'éloignais du quai. Je poussais l'aviron avec force. L'embarcation fendant l'eau me fascinait.

Je me sentais à l'aise. J'ai redoublé d'ardeur. Trop. Hélas ! trop. J'ai fait une fausse manœuvre. Mon corps s'est trouvé en déséquilibre. Le canot a tangué profondément, versé. J'ai entendu les lamentations de Gab, là-bas, figée sur la plate-forme. Je paniquais. Elle demeurait immobile, comme si elle me regardait me noyer. Je me débattais, en vain. Ça s'est passé si vite ! Il me manque des morceaux. C'est maintenant, après le fait, que je revois Gab sauter à l'eau, l'ouvrir de ses bras agiles. Elle glissait avec aisance. Nageait dans ma direction. Elle nageait donc ! Elle nageait... La suite, je ne sais pas au juste. J'ai quelques images : je suis étendue sur le débarcadère, Gab est penchée au-dessus de moi, son visage indécis entre l'angoisse et la haine.

J'avais l'impression de rentrer d'un étrange voyage. Mais je ne souffrais pas. J'avais eu plus de peur que de mal.

Gab ne bougeait pas. A salt statue. Un moment, j'ai pensé qu'elle appartenait à un autre monde. Et je lui ai murmuré qu'elle nageait bien et que je l'aimais, elle, ma petite sirène.

L'horreur a surgi ! Une colère blanche. Terrible. Gab s'est emportée. Hurlait qu'elle n'était pas une sirène, qu'elle ne l'avait jamais été, que je me trompais. Un peu plus, elle aurait dit que je mentais. La fureur la rendait presque laide. Je ne reconnaissais pas mon amie. Ni ses cris d'animal sauvage. Je ne savais que faire, que dire. Abasourdie, j'attendais. Brusquement, Gab a pressé ses tempes, les a massées pour en diminuer la douleur. La migraine lui soutirait des larmes. Ou était-ce le regret de son emportement qui les lui arrachait ?

Le reste de la journée fut un véritable calvaire : Gab m'a ignorée. Elle, d'habitude si volubile, ne m'a plus adressé la parole. Pas une fois. Son mépris m'aurait été moins douloureux que son indifférence. *And this sulky look... et la moue qu'elle affichait !* Un pincement serré des lèvres pointant une déception si grande que les mots ne sortaient pas.

Gab s'est entêtée dans son silence. Je l'avais déçue. Mais en quoi ?

La tombée de la nuit n'a pas arrangé les choses. Au contraire. Elle a déclenché une pitoyable soûlerie. J'ai encore peine à y croire. Pourtant, je revois Gab s'enivrer à mort. À même la bouteille, elle buvait. Elle devenait obscène dans ses attitudes. Dans son délire d'ivrogne. J'essayais de la raisonner ; elle ne m'entendait pas. Ses yeux hagards, injectés de sang, fixaient le vide. D'un mouvement compulsif, elle triturait sans cesse la croix suspendue à son cou. De l'alcool. Toujours plus d'alcool. Gab titubait, se heurtait contre les meubles. Quel cauchemar ! Partout du vin renversé, des vomissures. Les heures ne finissaient pas de s'égrener. À la limite de sa résistance, Gab s'est écroulée sur le divan. Puis, elle a sombré dans un sommeil de plomb. Je l'ai recouverte d'une couverture. De mes questions informulées.

Nuit sans lune.

J'ai gagné notre chambre pour pleurer. À nouveau, j'étais seule. Une vague somnolence a emporté mes sanglots. Ma solitude.

Le lendemain, à mon réveil, Gab n'était plus là. Je la cherchais. J'errais, perdue sans elle. Après un long temps, je me suis réfugiée dans l'atelier. Cloué dans l'une de mes figurines, un billet m'attendait. Cruel. En lettres carrées et sans appel.

VA-T'EN, YUKIKO. JE T'ORDONNE DE PARTIR, MA MOUSMÉ.

Pas de signature. Aucune explication. Gab me chassait, c'est tout. Ce renvoi décrétait ma condamnation. Pire, mon arrêt de mort.

Je ne l'ai plus revue.

Manhattan sent la poussière. Un juin trop sec. Je respire mal. Je voudrais qu'il pleuve du lilas.

J'éprouve une fatigue immense. Je n'ai pas dormi depuis si longtemps. Et j'ai trop noirci de pages. Ma main tremble. Les murs, mes sculptures, sautent en bonds désordonnés. Ma tête aussi. Vertige. Je deviens folle ! Les mots n'ont pas suffi contre la folie. Même ceux de sa langue à elle. Mon journal n'efface pas notre liaison : il l'avive. La cristallise dans des souvenirs indélébiles. Et je reste aux prises avec un bonheur qui n'existe plus.

C'est ici, dans mon loft, que je l'ai connue. Que j'ai découvert qu'en sa présence la souffrance ne pouvait pas m'atteindre. Mais, aujourd'hui, ma plus grande souffrance me vient d'elle, de sa rupture. And, where was God at that moment ? This God whom Gab told me of, where could He have been to allow such a condemnation ?

Pourquoi m'a-t-elle abandonnée ? Je ne comprends pas. I don't understand. I'll never understand.

Je la cherche encore. Elle me manque. Je ne guérirai pas de Gab.

C'est dimanche, et je souffre. Un autre dimanche. Si différent du premier. L'exil m'a rattrapée.

Gab m'a quittée. Je voudrais ne plus l'aimer, elle, ma chérie.

Olivier

*L'important n'est pas
la vérité du souvenir,
mais la trace indélébile
qu'il a provoquée.*

Gilles BARBEDETTE.

Ce même jour, aux environs de 17 heures

De ta maison, tu dois apercevoir le passage des oies.

Ce vol d'oiseaux migrateurs m'accapare. J'observe sa trajectoire qui découpe le firmament de rayures blanches. Du regard, j'accompagne les oies jusqu'au bout du lac, jusqu'à ce qu'elles n'existent plus en ce point précis de l'espace, ni elles ni leurs cris perçants.

Je reste ainsi, dans la lumière, près de la fenêtre ouverte, à fixer l'horizon d'où les oiseaux ont complètement disparu. D'eux, il n'y a plus que le faible écho de leurs piaillements. Le ciel, lui, a retrouvé son bleu uniforme des jours clairs de l'automne.

Les oies des neiges t'ont toujours fascinée, il me semble, Mabie.

Je viens d'arriver. Il y a moins de dix minutes, je demandais une chambre, n'importe laquelle, pour une nuit seulement. J'espérais trouver un endroit calme. Le va-et-vient de l'auberge m'a étonné. Dans le hall, la réceptionniste s'affairait entre le téléphone et les clients au comptoir. Elle ne savait où donner de la tête, n'a même pas vérifié ma fiche d'inscription. Toutefois, elle s'est montrée fort aimable. Moi, j'ai rapidement gagné ma chambre. La dernière avec balcon. Je n'y tenais pas. Le 25 ou un autre, cela m'était égal.

À la différence du rez-de-chaussée, aucun bruit n'envahit l'étage, hormis celui du clapotis de l'eau sur la grève, très léger. C'est une fin d'après-midi feutrée. Je déboutonne ma gabardine et, de long en large, j'arpente la pièce.

Je marche encore. Je desserre le nœud de ma cravate et, très vite, referme les pans de mon manteau. Je me sens nerveux. Je le suis. Ma démarche saccadée et le spasme qui tiraille ma lèvre inférieure me le prouvent bien. Je déteste cet état de fragilité.

C'est le voyage jusqu'à Bermont qui m'a fatigué. Dans le train bondé, j'étouffais, sans compter que je devais surveiller constamment mes bagages. Et puis, rendu à la gare, j'ai eu du mal à trouver un taxi. Par ma faute, je l'admets : j'ai mis plusieurs minutes avant d'en héler un. J'hésitais. Je songeais à te téléphoner ; je me suis ravisé. Je te connais, toi et tes ruses, ta force. Disposant de temps, tu aurais préparé de solides arguments, annulant ainsi toute possibilité de discussion. Il valait donc mieux venir directement à l'Auberge du Lilas et, d'ici, t'appeler. Ce que je n'ai d'ailleurs toujours pas fait.

Petite sœur, je ne suis pas d'accord avec ta manière d'agir.

Je te parle, comme si tu étais là. Ta dernière lettre me bouleverse trop. Je la traîne partout. Récemment, tu m'as beaucoup écrit. Des pages remplies d'un raisonnement implacable et, pourtant, trouées de doutes pour qui peut déchiffrer tes feintes.

Ton tourment me brise, celui exprimé dans ta lettre que j'ai avec moi, là, dans ma poche. Je n'ai pas à la relire : je pourrais réciter par cœur son contenu, la folie que tu t'apprêtes à commettre.

Tu l'aimes, alors pourquoi te séparer de lui ?

Que dire de plus : tu veux quitter ton mari. Tu aimes Jérôme, mais tu ne peux plus vivre avec lui. Tu as glissé dans la peur, trou sans fond qui avale le sommeil, les joies autant que les certitudes, jusqu'aux couleurs des rêves. Je ne sais plus comment, à distance, te protéger de toi-même, je ne sais pas davantage comment te l'écrire ; par conséquent, j'ai décidé de venir, sans te prévenir. Avec des paroles et non des mots en papier, je t'aiderai à voir clair, je l'espère.

Tu devrais attendre avant de prendre une décision. L'automne n'est pas ta saison : tu deviens dépressive, si fragile. Je suis inquiet pour toi et Jérôme. Tu commettrais une erreur que tu regretterais toute ta vie, tout le reste de ta vie.

Mabie, je cherche des arguments qui, tantôt, pourraient te convaincre. Je ne trouve pas. Me reviennent uniquement des souvenirs pêle-mêle et d'un temps qui n'existe plus. Les fragments se croisent, se défont, désordonnés. Un certain passé s'étale, sans effort, ici, maintenant, devant moi.

Tu portais tes cheveux en lourdes nattes. Je ne me rappelle plus l'époque, mais j'étais assez vieux pour apprécier leur couleur : du miel au soleil.

Chaque matin, maman tressait ta longue chevelure et, de sa voix de rossignol, elle chantonnait un refrain d'enfant.

> Un brin à gauche, un brin à droite,
> un autre au centre,
> et on recommence.
> Un brin, deux brins, trois brins,
> et la tresse danse.

Tu ne te plaignais jamais. Docile, tu restais assise et scandais la comptine que maman avait inventée pour te faire patienter.

> ...deux brins, trois brins,
> et la tresse danse.

Souvent, à moitié endormi, je vous aidais. Je tenais le peigne et les rubans de velours ou de satin, selon la saison. Et lorsque

155

papa entrait dans la cuisine, il souriait et déclarait que tu possédais les plus belles tresses du monde.

Tu l'embrassais. Les plus belles tresses du monde, tu répétais, ravie.

Des tresses... d'autres, moins blondes, et des taches de son. Amanda ! Ton Amanda ! Cette poupée, quoique solide dans son corps de chiffon, je l'ai toujours vue juchée sur ta commode, sauf une fois, exception qui a duré plusieurs semaines.

J'étais malade, très fiévreux. J'avais l'impression que ma gorge rétrécissait, empêchant la salive de glisser. Je souffrais d'une infection bénigne, une amygdalite, nom que je devais apprendre plus tard.

Le cœur serré, tu rôdais près de mon lit et tu pleurais. Tu pleurais à chaudes larmes. J'aurais voulu te consoler, mais je ne pouvais parler tant ma gorge brûlait. Tes pleurs redoublaient. Tu m'as supplié de prononcer un mot, ne serait-ce qu'un seul, n'importe lequel. Avec effort, je t'ai demandé Amanda pour quelques heures. Tu as couru à ta chambre, tu as rapporté ton trésor et, tendrement, tu m'as bordé. Ta tristesse avait diminué et je me suis endormi en serrant contre moi ta poupée.

Jamais tu n'avais prêté Amanda, surtout pas à un garçon. Tu me l'as laissée plus d'un mois, bien après que je fus guéri.

J'aurais dû ne pas te la remettre, Amanda, dire que je l'avais égarée. De cette manière, je l'aurais sauvée de ta brutalité à venir...

Petite, tu n'étais pas méchante. Tu l'es devenue. Après la mort de maman, une cruauté démesurée t'a animée. J'en ai pris conscience lors d'un hiver. Tu devais avoir douze ans ; moi, cinq de moins. Ou étais-tu un peu plus âgée ? Sans doute, car seuls les adultes peuvent nourrir une pareille haine.

Le soleil de mars dardait ses rayons sur notre fort de neige et... et... Quelle horreur ! Tout s'est passé si vite. Je ne peux me remémorer la scène sans...

Les années se sont précipitées. Tu as vieilli. Connu beaucoup d'amours. Tu as également aimé une femme, une artiste. Puis, un jour, Jérôme est arrivé. Enfin quelqu'un qui t'aimait, toi, et non le reflet d'une autre, m'écrivais-tu.

À quelques reprises, je l'ai rencontré. Tu avais raison : personne ne pouvait t'aimer davantage et aussi inconditionnellement. Jérôme t'avait choisie avec tes contradictions et tes retranchements les plus secrets. Il ne souhaitait pas te rendre meill...

Mes pensées se brouillent. Je manque d'air dans cette auberge. Autour de moi, le décor se déplace. En déséquilibre, je m'appuie contre le mur.

Jérôme t'aime ; tu me l'as confirmé dans une lettre récente.

Je m'emporte. Je dois retrouver mon calme. Une cigarette m'aiderait. Juste quelques bouffées.

Tu éloignes tous ceux qui t'aiment, à commencer par la pauvre Asiatique. Elle te chérissait. Je l'ai su à sa façon de t'observer. De son regard sombre et intense, aussi profond que celui de maman, elle t'enveloppait. Le temps d'un repas m'a suffi pour comprendre qu'elle ne te quitterait jamais. Mais, un printemps, tu m'as annoncé votre rupture. Tu lui avais probablement demandé de partir. Tu agis si souvent ainsi. Et Christophe, mon meilleur ami, il a subi le sort de Yukiko. Il a disparu de ta vie, mais pas toi de la sienne, crois-moi. Maintenant, tu veux abandonner Jérôme, et tes raisons m'échappent. Tu te détruis. Je ne te comprends plus.

La fumée me racle la gorge. J'éteins.

Et si je t'appelais ? Je le ferai un peu plus tard. Non, tout de suite. Ton numéro. Une seule sonnerie, et le répondeur se

157

met en marche. Un message accueillant, le timbre sonore. Je veux te parler. Je raccroche.

Tu dois être sortie faire des courses ; je rappellerai.

L'après-midi s'achève, mais je ne suis pas pressé. Je peux ne partir que demain soir. Pourvu que je sois à la librairie lundi matin.

J'enlève mon manteau, je le dépose sur une chaise. Inutile de le ranger : tantôt, je m'en resservirai. Dès que je te rejoindrai, je te proposerai une promenade sur la grève. Tu as tant aimé un lac, autrefois. L'été de tes onze ans, chaque jour, tu m'entraînais sur la plage et, ensemble, nous marchions jusqu'à ce que je réclame une pause, épuisé.

Le lac où tu m'as montré à nager. Tu étais si habile, toi, la petite sirène de maman. Maman... L'eau... Tu ne pouvais pas deviner, Mabie.

Je m'enlise. Des cris, aigus et enjoués, me tirent de là. J'avance vers le balcon, vers les éclats de rire continus qui proviennent du dehors. Devant la façade de l'auberge, sur l'asphalte d'une allée, deux fillettes jouent à la marelle. Elles sautent à cloche-pied dans des cases tracées à la hâte, se bousculent pour le plaisir. Les gamines s'en donnent à cœur joie, ne respectant aucune des règles du jeu qu'un couple s'évertue à leur enseigner. Elles s'amusent, n'éprouvant d'autre envie que celle d'être des enfants.

Je leur adresse un vague sourire ; elles me font un grand signe de la main avant de reprendre leur jeu. Je lève la tête en direction du lac, étendue de verre qu'aucun vent ne ride.

Incroyable ! La même vue sur le lac que de notre chambre au chalet.

À l'horizon, lentement, le soleil baisse. Une traînée orangée s'en détache et se dilue dans l'eau. Je ne souhaiterais pas que tu voies ce panorama, il te rappellerait trop la...

Des senteurs d'automne montent et se mêlent aux rires des petites. Je me voudrais aussi insouciant que les gamines, aussi indifférent et capricieux mais, de nouveau, hier s'impose. Certains segments sont flous : j'étais si jeune, le benjamin. D'autres morceaux se détachent, plus précis. Au fond, qu'importent l'ordre et la clarté puisqu'au bout du compte, il s'agit de mon histoire, de la tienne, de la nôtre, inévitable.

Tu riais, Mabie. Le plus ancien souvenir que je garde de toi : tu riais. Malgré les trous de ma mémoire, j'entends encore ton rire. Tu n'avais pas besoin de prétexte pour être gaie. J'aimais ta présence, elle me rassurait. D'ailleurs, tu me traînais partout. L'été, presque tous les jours, tu m'amenais au parc. Agenouillée près de la fontaine, tu me construisais un bateau de papier et, patiente, tu me montrais comment le faire glisser sur l'eau. Je n'y parvenais pas, trop gauche. Tu reprenais jusqu'à ce que ma fragile barque aborde l'autre rive du bassin. Victoire ! Aucun naufrage ! Tu prétendais que j'étais le plus habile des marins. Je te croyais, toi, la plus que belle.

Nos jeux me comblaient. M'épuisaient aussi. Je me fatiguais rapidement. Mais tu prenais soin de moi, ponctuant le chemin du retour de nombreux arrêts. Je m'en rappelle un en particulier, celui du boulevard des Seigneurs, devant la boutique de jouets. Face à la vitrine, assis sur le trottoir, nous regardions les poupées. Toi, tu les contemplais, avec envie. Une surtout, unique en son genre, un poupon avec des fossettes. Un bébé semblable à ceux que tu aurais plus tard, disais-tu, qui pleure et qui suce son pouce en réclamant sa maman. Tu désirais très fort cette poupée. Depuis des mois, tu ramassais tes sous un à un afin de te l'offrir. Un rêve que tu m'as exprimé plus d'une fois.

Le poupon, tu ne l'as jamais acheté. Ton attachement pour maman en a décidé autrement.

159

Le printemps embellissait la ville. Dans la clarté des débuts de juin, probablement un samedi, nous revenions du parc. Sur les trottoirs, les étalages de fleurs nous fascinaient. Nous marchions, éblouis par tant de couleurs. Soudain, devant un bac rempli de lilas, tu t'es arrêtée. Tu as parlé de maman, de son attrait pour ces fleurs. Puis, tu as compté tes économies et, sans hésitation, tu les as remises au fleuriste. Le reste du trajet s'est fait dans les senteurs du bouquet violet.

Le salon baignait dans la pénombre. Les tentures fermées repoussaient le jour ; tu les as tirées. Une généreuse lumière s'est répandue sur le mobilier, sur notre mère allongée sur le sofa. Maman se reposait. Une ombre ternissait son visage, celle des heures de fortes migraines. C'est toi qui me l'as fait remarquer.

Depuis quelque temps, maman était différente, songeuse, très préoccupée.

Dans l'atmosphère brouillée, tu as tendu les lilas à maman. Celle-ci s'est levée, a humé longtemps le bouquet, si longtemps que j'ai cru qu'elle nous avait oubliés. Je m'agrippais à ton chandail. Il se produisait quelque chose d'étrange, mais j'ignorais quoi. Immobile, maman pressait les fleurs contre elle. Puis, elle a murmuré une phrase que je n'ai pu oublier tant tu la répètes souvent : « Le parfum des lilas engourdit nos souffrances. » Elle a soupiré, s'est tue. Tu as pleuré. Je t'ai imitée. Pourtant, petit à petit, notre mère redevenait celle qu'elle avait l'habitude d'être, attentive et douce. Et au coin de ses paupières allongées vers les tempes un peu à l'orientale, des plis de joie apparaissaient.

Maman nous a embrassés. Et elle t'a prise dans ses bras, émue par ton cadeau. J'étais content.

Avais-tu vraiment sacrifié une poupée pour les lilas ? Je ne sais plus au juste. Je sais seulement que maman était très fière de sa fille.

Tu ne voulais que cela, que maman soit satisfaite de toi. Hélas ! tu n'y parvenais pas constamment. Quelques-unes de tes maladresses provoquaient l'effet contraire, et elles te blessaient.

Un fait me revient, assez clair malgré l'effacement dû aux ans. Il ne fait pas partie de ces événements que l'on craint avoir rêvés. Non, j'en ai été trop bouleversé pour pouvoir l'inventer. Mabie fautive ! L'une des rares fautes que tu aies commises, petite sœur.

Je n'allais pas encore à l'école ; toi, tu y réussissais depuis quelques années. Tu étais la meilleure de ta division, sauf en calcul. Tu apprenais tes leçons sur le bout des doigts et les récitais jusqu'à ce que la moindre hésitation disparaisse. Des anges ornaient tes cahiers de devoirs. Tu étais sans cesse la première. Tu ne voulais pas d'autre place : maman était si fière de toi.

Un après-midi, je faisais la sieste. Tu es rentrée de l'école plus tôt que de coutume. Maman t'a entourée d'attention ; un malaise t'assaillait, imaginait-elle. Piteuse, tu lui as présenté un billet. Elle l'a lu et, changeant brusquement d'attitude, a exigé des explications. Je vous observais par l'entrebâillement de la porte de ma chambre. Je ne comprenais pas ce qui se déroulait, mais je sentais que c'était mal. À travers tes sanglots, tu as raconté ton inconduite.

D'emblée, tu t'es avouée coupable. Tu avais triché. Lors de l'examen d'arithmétique, les problèmes trop difficiles, tu les avais copiés sur ceux de ta compagne. L'élève en question t'a dénoncée et la classe entière t'a narguée. L'institutrice a demandé ta copie, y a inscrit un horrible zéro tout en déclarant que tu devais apprendre l'humilité, que l'orgueil relevait des péchés capitaux et que c'était très vilain. Son sermon et les moqueries des filles t'ont laissée indifférente. L'insupportable venait de ta mauvaise note : tu perdais ta place, la première, et maman ne...

Je n'ai pas entendu la suite : tu pleurais bruyamment. Maman ne t'a pas imposé de punition. Elle a eu simplement une moue de déception. Lorsque nous n'étions pas à la hauteur, notre mère avait un pincement des lèvres, un mouvement très serré qui durcissait son visage, le rendait impénétrable. Et cette moue devenait le pire de nos châtiments.

Tu l'avais déçue, et elle ne te regardait plus. La peine te ravageait, là, devant maman qui t'ignorait. Inconsolable, tu réclamais qu'elle pose les yeux sur toi. Tu bafouillais des : « Maman, regarde-moi, regarde-moi ». Sans quoi tu craignais de ne plus exister, me semble-t-il maintenant.

Sans bruit, j'ai refermé la porte et je me suis caché sous les couvertures. Ton malheur m'a rejoint. Il me traversait. J'avais froid. Tu avais commis une faute.

J'ai grandi les yeux rivés sur toi. Mes souvenirs se mélangent avec les tiens. Tu m'amenais presque partout. J'étais de la plupart de tes sorties. À tes côtés, la tristesse ne m'atteignait pas. Tu me protégeais. Tu n'as cessé de le faire.

Je t'admirais. J'aimais les activités que tu appréciais. Tu parlais ; je me taisais, je t'écoutais. Tu raffolais des sucreries ; j'en mangeais et, chaque fois, la nausée me prenait. Pourquoi ne t'ai-je pas offert mes portions de dessert ? Je n'y songeais pas. Avec une gourmandise feinte, j'avalais la pâtisserie qui, l'instant d'après, me rendrait malade. Sottise d'enfant !

L'aisance t'habitait, la grâce. Particulièrement lorsque tu nageais. Image irréelle, sans pesanteur ni résistance. Qui t'avait donc montré à déployer autant d'élégance dans l'eau ? Certainement pas maman : elle la craignait et ne s'y était jamais risquée, même du bout des pieds. De toute façon, elle ne possédait pas l'agilité propre aux nageurs, cette audace du corps qui vainc les distances et le doute.

Les jeudis, après la classe, ton amie Lara, maman et moi nous t'accompagnions à la piscine municipale. Nous te regardions fendre l'eau et, de tes gestes volontaires, la ramener au creux de tes bras, vers ta poitrine. Tu n'étais que mouvement. Tu avançais, souple et lustrée, laissant derrière toi une sorte de remous. Nous, nous retenions notre souffle par peur de te priver d'oxygène. Infatigable, tu refaisais une longueur de piscine, d'autres encore.

Tu t'amusais. Et lorsque tu t'élançais du deuxième plongeoir, tu inventais la beauté. Aérienne, tu volais dans l'air avant d'ouvrir l'eau avec fracas, avant de disparaître sous un bouillonnement de mousse pour en ressortir radieuse, les tresses collées à ta peau et ruisselante de plaisir.

J'applaudissais. Lara aussi. Tu reprenais ton plongeon, éblouissant.

À ta sortie de la piscine, maman t'enveloppait dans une serviette éponge et, en te frictionnant le dos, elle balbutiait doucement : « Ma petite sirène, tu es ma petite sirène. » La référence à la mer t'enivrait de bonheur. « Ma petite sirène », ainsi notre mère devait t'appeler jusqu'à la fin...

Tu nageais si bien, soupirait maman.

Ton amour de l'eau n'avait d'égal que celui des cirques. L'été, lorsque des troupes ambulantes s'arrêtaient en ville, papa t'y amenait, et c'était la fête, réjouissance que tu n'aurais sacrifiée sous aucun prétexte. Dès le début du jour, tu gambadais en pyjama. Tour à tour, tu t'improvisais acrobate et clown, osant les plus courageuses pirouettes. Puis, vaguement essoufflée, tu t'appuyais sur le bord de mon lit et me racontais l'enchantement que tu vivrais bientôt.

Malgré moi, je devenais triste. Je ne voulais pas que tu me quittes. Ou étais-je jaloux ?

Je me souviens de la première fois que je vous ai accompagnés. Tu n'avais pas menti. La magie transformait le chapiteau en une bulle de rêve. Je savourais le spectacle. Les fauves s'élançant à travers des cercles de feu me laissaient bouche bée. Et la ronde des éléphants ! Les énormes bêtes aux oreilles plates et pendantes me fascinaient. Je les découvrais ridés et doux avec leurs longs cris plaintifs, leurs barrissements, m'a soufflé maman qui me tenait la main. À la queue leu leu, la trompe recourbée, les éléphants obéissaient au cornac, plus dociles que les gens dans les gradins.

La légèreté m'emportait. L'après-midi s'est envolé trop rapidement. Il y aurait d'autres sorties au cirque, claironna papa, taquin.

Tu m'avais transmis ta passion du cirque, mais pas à maman. Ce fut la seule occasion où elle s'est jointe à nous. Le numéro périlleux des trapézistes lui avait causé une violente migraine. Par la suite, elle a préféré nous attendre à la maison où nous la retrouvions, excités et volubiles. À notre tour, nous devions l'étourdir de nos interminables descriptions et de nos clowneries plus ou moins réussies. Maman nous écoutait, ravie de notre exubérance d'enfant, belle, tellement belle dans la clarté des fins de journée.

Nous étions bien ensemble, nous quatre. Plutôt nous trois...

Papa s'absentait régulièrement. Il travaillait beaucoup. Son commerce le retenait tard le soir, souvent les fins de semaine ; maman le déplorait. Un voile se formait alors sur sa figure, semblable aux brumes de novembre, triste à en pleurer. Dans ses moments de vague à l'âme, notre mère se réfugiait au salon, fermait les lourdes tentures, se coupant des bruits, du dehors. Puis elle se calait dans un fauteuil et, pensive, une bouteille de vin à ses côtés, elle buvait. Nous ne la quittions pas. Tu t'assoyais à ses pieds, je mettais ma tête sur ses genoux, et nous restions là aussi longtemps qu'elle, aussi longtemps que durait sa peine.

Maman abhorrait le mensonge et, certains soirs, elle le déclarait avec insistance, sans raison, il me semble.

De cette période-là, les images que je conserve de notre père se ramènent à de brèves séquences : son arrivée dans la cuisine le matin quand maman tressait tes cheveux, nos rares sorties au cirque et lorsqu'il nous racontait, parfois, des histoires.

J'étais très jeune, toi un peu moins, à l'époque où papa nous inventait de fabuleux récits. Ce bonheur n'a duré que quelques mois, pas plus.

Plus de contes ! Ils nous manquaient, davantage à toi. Tu prétendais qu'aller au lit sans une histoire équivalait à grelotter toute la nuit. Tu as prié maman de se faire conteuse ; elle l'est devenue. Doux moments de notre enfance.

Chaque soir, une parcelle d'un récit. À la brunante, pelotonnés contre maman, nous l'écoutions, sages autant que recueillis. Elle commençait à lire tout bas, sourdement, mais, très vite, de sa voix texturée, elle passait du grave à l'aigu avec la facilité des oiseaux chanteurs. Autour de nous, le noir et la nuit n'existaient plus. Le temps s'immobilisait. Il n'y avait plus qu'une voix généreuse qui nous transportait dans des contrées lointaines où sultans et princesses déployaient richesse, bonté ou viles mesquineries. Après un chapitre ou deux, maman s'arrêtait, nous laissant dans l'attente jusqu'au lendemain, jusqu'à ce qu'elle reprenne l'histoire et la rende vivante.

Des rêves pleins de féerie bordaient notre sommeil.

Tous les contes de la maison y sont passés ! Maman les reprendrait donc un à un ? Non ! En secret, elle nous préparait une surprise. Un soir d'hiver, elle a ouvert un nouveau livre d'Andersen, nom que j'avais de la difficulté à prononcer. Un bouquin attrayant dans son jaune clair, dans le luisant de sa page couverture qui sentait bon le papier neuf. Tu t'es mise à le toucher, à le caresser avec une infinie précaution, plus que tu ne le faisais pour tes poupées. Ensuite, tu l'as ouvert délicatement et tu t'es arrêtée à la première histoire : *La Petite Sirène.* La joie t'emportait. Maman t'a fait signe de lire. Émue, un peu craintive, tu as entamé les phrases du début, puis les autres d'un ton plus assuré. Bientôt, devant nous, la mer s'est imposée dans des miroitements turquoise ou blanchâtres, selon les vents.

L'eau ! Tu en rêvais, toi la petite sirène de maman. Une étendue vaste, sans murs de béton qui la limiteraient. Nous habitions la ville. Une maison avec une cour tellement réduite que l'unique pommier dépérissait. Bien sûr, il y avait à proximité de chez nous la piscine municipale, le parc public et son bassin où voguaient nos navires de papier, mais tu désirais davantage. Ton vœu fut exaucé. L'été de tes onze ans, début juin, nos parents nous ont annoncé la location d'un chalet au bord d'un lac. Nous devions nous y rendre à la fin de l'année scolaire, y séjourner durant toutes les grandes vacances. L'idée t'a enchantée. Tu dansais, folle de rire. Tu embrassais maman, tu te pendais au cou de papa. Ta joie m'emportait. Tu étais si heureuse ! Un bonheur que tu devais vite regretter.

Ce « bonheur regretté » m'oppresse, en cet instant précis du jour, sur le balcon, au milieu des plaintes d'une enfant. Les petites ne jouent plus à la marelle. L'une d'elles s'est blessée ; du sang coule d'un genou écorché. Elle a dû tomber sur l'asphalte. L'autre gamine, la tête basse, marche vers l'auberge, alourdie par la peine de son amie.

Les pleurs contrastent avec la tiédeur de l'air, avec la somnolence du lac qui s'étale dans la luminosité enveloppante d'octobre. Malgré mon appui au garde-fou, je chancelle. Vite, un Ativan. En dépit de mon agitation, je gagne la chambre. Je me dirige droit vers ma gabardine afin d'y prendre un tube de comprimés que je tente d'ouvrir. Je n'y parviens pas. Je m'acharne ; le bouchon cède, vole et les pilules tombent sur le sol. Je saisis un Ativan, le croque et attends un moment avant de ramasser les autres éparpillés sur la moquette.

À nouveau, le décor bouge. Sur les murs, des figures hideuses apparaissent, se rapprochent. Je transpire. J'étouffe. J'ai trop tardé à prendre mon médicament. Quand l'angoisse monte le long du thorax, quand des bêtes s'apprêtent à me dévorer, quand l'air se raréfie au point de n'être plus, il est trop tard : la crise éclate, comme maintenant.

Les secondes ne finissent plus. C'est le chaos.

Je respire un peu mieux. Je verrouille les portes, ferme à demi le store de la fenêtre. La lumière s'infiltre entre les lattes et découpe la moquette en bandes étroites. Je rôde, titube, puis m'affale sur le lit et demeure allongé dans le clair-obscur de la pièce, les yeux grands ouverts. Un engourdissement étranger au sommeil s'empare de moi. Sous l'effet de l'Ativan, l'anxiété se fragmente. Mais je suis toujours là-bas, captif du « bonheur regretté », incapable de m'y soustraire, seulement résigné à le revivre, une fois encore.

Le lac ! Tu n'en finissais plus d'imaginer sa forme et ses courbes molles, ses berges ombragées par quelques arbres. Tu inventais jusqu'à la tiédeur de ses eaux. Tu en rêvais, Mabie. Au premier jour des vacances, il s'est offert dans la lumière indécise du soir. Devant nous, le lac avançait, long et étroit. Il existait sans fracas ni écume, nonchalant dans le calme qui précède la nuit.

Plus attrayant que dans tes rêves, bafouillais-tu, émue.

Le lendemain, tu as pris possession du lac. Et l'été s'est écoulé proche de lui.

Dès le matin, tu te glissais dans l'eau et tu t'amusais, éblouissante dans ton rire franc. Je te soutenais par mes encouragements pendant que maman, admirative, t'appelait sa petite sirène. Et nous ne bougions plus, là, sur la rive, séduits par ton adresse de fille-poisson.

Durant la saison, tu as voulu me montrer à nager. Quelle entreprise ! Longtemps, tu as répété les mêmes leçons, les mêmes conseils patients. Tu m'as enseigné à ouvrir les bras en harmonie avec le mouvement des jambes, à aspirer, à expirer. J'essayais de te mimer. J'ai appris à flotter, pas autre chose. Je ne possédais pas ton assurance, je ne suis pas devenu un bon nageur.

Aux heures chaudes de la matinée, maman se reposait sur la galerie. Elle nous interdisait alors la baignade et l'accès au quai. Au bout du débarcadère, l'eau était profonde, voire dangereuse, soutenait-elle d'un ton mi-sévère, mi-affolé. Elle insistait, réclamant notre parole avant de s'étendre à l'abri du soleil. Je promettais le premier ; tu hochais la tête à regret, puis tu m'entraînais sur la grève où nous marchions jusqu'à ce que je réclame un arrêt, un château de sable ou des bateaux qui ne prendraient pas l'eau.

Les journées s'envolaient, insouciantes et agitées, dans l'ignorance de la souffrance. Une ombre cependant : l'absence de papa. Il n'arrivait de la ville que le samedi avant-midi, repartait le dimanche. Son travail le retenait, prétendait maman plus chagrine que rassurée.

Le soir nous redonnait la douceur des heures lentes. Le chalet devenait notre refuge. Près de la plage, il s'élevait, modeste dans ses dimensions. L'unique pièce du rez-de-chaussée servait au va-et-vient quotidien. Les deux chambres à l'étage protégeaient notre repos. La nôtre se trouvait à l'ouest. Je m'en souviens : tu ne cessais d'admirer le couchant sur l'eau. Collée à la fenêtre, tu décrivais l'éclatement des orangés, la descente du soleil qui effleurait le lac, puis s'y noyait, ne laissant derrière lui que la nostalgie du jour perdu. Le silence gagnait la pièce, nous enveloppait. Maman attendait que l'émotion se fasse moins vive avant de reprendre la lecture d'un conte. Et sa voix modulée nous emportait vers des enchantements sans fin.

La pénombre cédait aux pressions de la nuit. Juillet a fait place au mois suivant.

Août s'est démarqué par ses excès de chaleur et de brouillard subit.

Souvent, au début de la journée, avant que la touffeur n'envahisse la région, nous nous rendions avec maman au magasin général. Plaisir immense ! Un bazar au décor d'antan avec une odeur d'épice qui flottait partout, du girofle, il me semble. Face à l'entrée, le long d'un mur, des armoires vitrées remplies de biscuits côtoyaient des rouleaux de tissus, des boîtes de clous ou des meules de fromage. Nous ne devions toucher à rien, insistait maman. Mais notre regard seul ne parvenait pas à inventorier tous les objets et, malgré les recommandations, nous effleurions au passage quelques écheveaux de laine, une boussole, des jouets de bois.

Un matin de forte humidité, le trajet nous a paru interminable. Maman nous a promis une glace dès notre arrivée au village ; nous avons parcouru les derniers mètres presque à la hâte. Sur la porte du magasin trônait l'affiche d'un cirque ambulant. Ébahie, tu restais dans la chaleur à examiner les détails du dessin, la pose de l'écuyère sur son pur-sang. Maman t'a offert une affiche. Le plus beau cadeau, disais-tu. Tu tenais précieusement ton trésor et tu volais. Tel un papillon, tu volais. Tu as oublié la glace. Je n'en ai pas fait la remarque. Je n'y tenais pas vraiment à cette gâterie trop sucrée.

Tu ne savais pas encore que, parfois, des cadeaux portent malheur. Tu devais l'apprendre bientôt.

Le retour s'est fait dans de folles extravagances. Tu t'improvisais cavalière ; moi, je tentais d'imiter le barrissement des éléphants. Un bonheur ! Dimanche, papa nous amènerait sous le grand chapiteau.

Plus de vingt-quatre heures à patienter. Le samedi s'est étiolé dans l'attente de papa. Tu désirais tant lui parler de l'affiche, de notre sortie du lendemain. Installée sur la galerie, tu l'espérais, lui et l'auto bleue avec le crissement des pneus sur le gravier. Tu te désolais. Midi était passé et papa n'arrivait toujours pas.

Maman errait, taciturne, un verre de vin à la main.

L'angélus du soir sonnait lorsque la voiture familiale s'est engagée dans l'allée, s'est garée près du chalet. Papa en est sorti d'un bond, chaleureux dans ses baisers, dans ses caresses sur nos fronts brunis. Puis, joyeux, il a brandi des billets de spectacle. Le cirque ! Papa avait choisi les meilleures places, des sièges dans les gradins, au centre. Il lançait les billets vers le ciel, les laissait virevolter avant de les rattraper, très adroit. Soudain, il s'est arrêté et a jeté vers maman un regard rapide, furtif. D'un coup, l'atmosphère a changé, tendue, remplie d'une lourdeur indescriptible. En titubant, maman a gagné le chalet ; papa l'a suivie et a refermé la porte derrière eux.

La suite, particulièrement le drame du dimanche, je voudrais ne plus m'en souvenir. Inutile ! L'horreur s'est gravée sous ma peau, dans mon enfance, au creux de mes défaites d'homme, et j'y ai repensé si souvent que pas un élément ne manque, de la moiteur de l'air jusqu'au bourdonnement agaçant des moustiques.

Tu me tenais la main. Tu tremblais, Mabie ; le désarroi secouait ton corps. Tu as assisté à la même scène que moi et, le lendemain, à la même... Pourtant, nous n'en avons jamais parlé. L'insupportable ne se partage pas.

À travers les mailles trop lâches de la moustiquaire, les paroles de nos parents martelaient si violemment nos oreilles qu'elles résonnent encore. Au début, montaient des sons confus, quasi étouffés. Le ton s'est élevé. Maman parlait.

– Menteur. Tu mens. Depuis des années, tu me mens.

Papa a essayé de lui expliquer quelque chose.

– Écoute-moi, Léonie, je ne...

Elle l'a interrompu. Elle bafouillait.

– Tu as une maîtresse.

Puis, elle s'est mise à crier.

– Tu n'as pas le droit de nous abandonner, tu n'en as pas le droit.

Papa a tonné plus fort qu'elle.

– C'est vrai, Isabelle fait partie de ma vie, mais je ne vous laisserai pas tomber toi et les enfants. À présent, arrête de boire. Tu es complètement ivre.

Je ne comprenais pas le mot « maîtresse » ni pourquoi nos parents se disputaient ; par contre, je ne pouvais plus supporter les injures qu'ils se lançaient. J'ai couru vers la plage où tu m'as rejoint, m'as consolé en me répétant doucement : « Mon petit Olivier, mon chéri, moi, je ne t'abandonnerai jamais. » Un baume. Tu m'apaisais.

Ce soir-là, j'ai éprouvé pour la première fois de la tension et un élancement au bas-ventre, la peur. Je suffoquais. L'angoisse venait de me trouver, ne devait plus me quitter, simplement s'assoupir, parfois. Le malaise a persisté toute la soirée, ne s'est atténué que lorsque maman a pénétré dans notre chambre. Notre mère ne se ressemblait plus, les yeux hagards, injectés de sang. Sa voix avait perdu sa suavité. Tu l'as prise par le cou et tu lui as demandé pourquoi elle avait bu. Pour que ça fasse moins mal, dit-elle, pour que ça fasse moins mal.

Le cœur serré, nous avons contemplé le couchant sur le lac. Après, selon son habitude, maman nous a lu un conte, *La Petite Sirène*. Nous ne devions plus l'entendre nous raconter l'histoire qui s'ouvrait ainsi : « Bien loin dans la mer, l'eau est bleue comme du... des... comme les feuilles des bleuets, pure comme le verre le plus transparent... C'est là que demeure le peuple de la mer. N'allez pas croire que... »

Dimanche s'est pointé dans le brouillard. Le paysage n'était qu'une étendue de brume. Derrière ce gris monotone, l'eau se laissait à peine deviner. De notre chambre, tu guettais le lac. Je ne t'avais jamais vue si immobile, semblable à tes poupées, dans l'attente qu'il se montre. Seuls tes yeux bougeaient dans l'espoir qu'émergent enfin la plage, l'eau. Tu es demeurée dans cette position, figée, un bon moment, avant de descendre. Je t'ai suivie.

Je n'avais pas sept ans ; pourtant, j'ai le sentiment que j'en avais dix fois plus tant je me rappelle cette journée du mois d'août. L'univers a basculé. Je suis devenu un orphelin à la mémoire exacerbée. Je le suis demeuré.

Mabie, toi aussi tu souffres de trop te souvenir !

Au rez-de-chaussée, papa nous attendait, souriant, et sans le tic inhabituel qui lui faisait repousser ses cheveux vers l'arrière, nous n'aurions pas deviné chez lui un embarras. Il n'a pas fait allusion à l'incident de la veille. Il nous a préparé un copieux déjeuner, a parlé abondamment de notre visite au cirque. Je n'irai pas, lanças-tu si sèchement que je n'ai pu avaler une bouchée de plus. Papa ne t'a pas entendue, je crois, car il s'est mis à parler en détail du numéro de l'écuyère, de sa grande habileté, insistant sur notre chance de posséder des billets pour le spectacle. La mine dure, renfrognée, tu tournais une tresse autour de tes doigts, la déroulais aussitôt, partagée entre le désir et l'entêtement. Ton hésitation n'a pas duré. Tu as changé d'avis. Ta passion l'a emporté, mais sans ta ferveur coutumière. Tu en voulais à papa pour sa conduite du samedi, j'ai pensé. Dorénavant, tu lui en voudrais.

Maman s'est levée tard, très pâle et les tempes traversées de veines gonflées. Elle semblait lointaine, visiblement différente, sauf dans son regard qui s'offrait, intact, dans son brun intense. Elle s'est assise à table, en face de papa. Ils ne se sont pas salués, chacun à sa place, poli, convenable. Papa n'a guère tardé à nous quitter ; il nous attendrait dans la voiture, dit-il d'un ton qui se voulait neutre. Maman n'a pas fait de commentaire. Elle n'a pas parlé, excepté une fois. Elle s'est adressée à toi : « Aujourd'hui, reste avec moi, ma petite sirène. » Un silence de plomb s'est installé. Tu t'agitais sur le bout de ta chaise. Puis, tu as eu un sourire grimaçant, proche de la douleur. Il te fallait choisir. Tu as penché du côté de la cavalière. À cet instant précis, maman a esquissé un pincement étroit des lèvres, une moue terrible, signe de sa déception. Elle est sortie de table, s'est engagée dans l'escalier. Tu as couru pour la rejoindre. Sans un mot et en continuant de t'ignorer, elle gravissait les marches. Tu t'es mise à la supplier. Tu l'implorais : « Maman, maman, regarde-moi. » Notre mère a disparu.

Tu pleurais. Appuyée sur la rampe, tu sanglotais plus tristement que ne l'aurait fait une enfant abandonnée. De nouveau, papa klaxonnait ; il devait s'impatienter. Je t'ai entraînée vers l'extérieur. Tu t'es tournée en direction du palier. Maman ne s'y est pas montrée. Tu l'avais déçue.

Nous ne l'avons plus revue vivante.

Il faisait sombre. L'après-midi s'achevait ; on aurait cru un début de nuit. Le brouillard s'était densifié, épais, dissimulant le lac, ses alentours.

Hargneuse, tu évitais papa. Tu l'avais fui durant la représentation du cirque, tu le fuyais avec une égale détermination en franchissant le seuil du chalet. Tu n'avais qu'un souhait : retrouver maman, elle et son pardon. Avec force, tu l'as appelée. Aucun écho. Tu as grimpé à l'étage ; maman ne s'y trouvait pas. Papa nous a demandé alors de l'attendre dans notre chambre ; il reviendrait bientôt avec notre mère sans doute sortie prendre l'air, ajouta-t-il, rassurant. Deux ou trois minutes se sont écoulées. Peut-être dix. Une éternité. Nos parents tardaient. Nous sommes partis à leur rencontre.

Dehors, dans une vapeur opaque, nous avons marché à tâtons. Des plaintes montaient. Papa ! Guidés par ses gémissements, nous l'avons rejoint. Il était affaissé sur le quai, trempé jusqu'aux os, près de notre mère étendue sur le bois et qui ne nous voyait pas, ne respirait plus. Tableau de fin du monde ! J'en connais chaque parcelle. Maman mo... mor... morte. Sa robe collée à sa peau, tissu grenat qui adoucissait la brume. Ses cheveux dénoués, plaqués le long de son cou. Et son beau visage bouffi par... Je suis demeuré là, accroché à ce malheur, de la même façon que je m'agrippais à maman, à son corps déjà froid. Je souffrais d'elle, de tes cris inhumains. Tu hurlais que tu n'étais pas une sirène, que tu ne l'avais jamais été. Tu ne cessais d'embrasser les mains maternelles, inertes. Puis, tu t'es emparé de la bouteille aux trois quarts vide sur le débarcadère et tu as bu, tu aurais bu le reste du vin si papa n'était intervenu. De toute ma vie, je n'ai osé te demander pourquoi. Boire « pour que ça fasse moins mal », sans doute. Tu avais si mal, toi, la petite sirène de Léonie.

L'Auberge du Lilas est paisible. Pourtant, je n'ai pas dormi, ne serait-ce qu'un court instant. Allongé sur le lit, j'ai sombré dans la mémoire. J'ai revécu le drame. La souffrance n'aura pas de fin, je le sais. Les ravages continuent.

Mabie, Mabie, cesse de croire que tu aurais pu sauver maman. Même une sirène ne peut soustraire quelqu'un à son désir de mourir par l'eau.

Je frissonne. Mais je n'ai pas le courage d'ouvrir le chauffage ni celui de m'envelopper dans l'édredon. Je me sens tellement lourd.

Si tu n'étais pas allée au cirque, maman aurait simplement attendu une autre occasion pour se noyer. Un sursis, j'en suis persuadé.

L'Ativan m'assomme. Je dois réagir, bouger, sortir de ma léthargie. Je me lève, marche d'un pas massif. La chambre se perd dans une demi-clarté. Derrière le store entrouvert, le soleil descend vers le lac où il sombrera bientôt dans une flambée de couleurs.

Je rôde autour du téléphone. Tu n'es sûrement pas rentrée de tes courses. J'aurais dû te prévenir de ma venue. Mabie, tu as tort de garder de la rancune envers papa. D'ailleurs, je n'ai jamais su si tu lui en voulais à cause de notre sortie au cirque ce dimanche-là ou parce qu'il avait une maîtresse. Question futile, n'est-ce pas ? De toute façon, le jour où maman nous a quittés, tu t'es détachée de papa. Pour toi, il est mort avec elle.

Je voudrais effacer mes souvenirs, tous, les doux et les autres, ne plus en posséder, mais je ne suis que ça, mon passé. Je me cale dans le fauteuil près du téléviseur que j'ouvre. Un vacarme surgit de l'appareil, de l'émission en cours précédant le téléjournal de 18 heures, un jeu questionnaire. Je baisse le volume, complètement. Je fixe pourtant l'écran. Les gens gesticulent, rient, bien qu'aucun son n'émane d'eux. Des mimes, quoi. Ils m'ennuient ; je ne les regarde plus. La tête contre le dossier, sans énergie ni volonté dans la pièce que seul le téléviseur éclaire, je laisse les images d'autrefois refaire surface, m'envahir, une fois de plus.

Il y a des choses qui se vivent, mais qui ne se disent guère.

La mort de maman ne s'arrêtait pas. Elle nous entourait, envahissant le moindre recoin de notre existence. Obsédante, elle hantait notre sommeil, assombrissait la lumière de midi jusqu'à nous laisser croire que le jour n'existait plus. La mort se répandait partout, autant dans nos jeux disparus que dans la jeune saison.

L'enfance nous avait délaissés, engloutie au bout d'un quai, au fond d'un lac.

Tu n'étais plus la même, Mabie. De ta douceur, de ta gaieté juvénile, il ne restait rien. Ou si peu. Une révolte empreinte de colère te servait d'arme. La plus petite insignifiance justifiait tes emportements : un lacet cassé inopinément, un potage trop salé et quoi d'autre ? La texture de tes draps t'irritait, le pommier chétif dans la cour. Tout t'agaçait. Et puis, tu ne riais plus. Tu avais changé. Sauf avec moi. Tu ne m'abandonnerais jamais, me répétais-tu aussi tendre qu'avant, aussi désemparée que la veille du drame.

Le souvenir coulait dans tes veines, douloureux. Tu n'as plus parlé des écuyères montées sur leur pur-sang. Ni voulu retourner au cirque. Le mot fut banni de ton vocabulaire. Celui de sirène également. Plus personne n'a eu le droit de t'appeler de ce nom ou d'y faire allusion sous peine de subir tes foudres. Je m'en gardais bien.

À la rentrée, tu as demandé à changer d'école de quartier : là-bas, on ne connaîtrait pas ton habileté de nageuse. La direction de Jeanne-d'Arc t'a acceptée facilement. Je comprends, une première de classe ! Par contre, pour toi, ce fut plus exigeant : un trajet beaucoup plus long que les années précédentes. Matin et soir, dans le froid ou sous la pluie, parfois contre les vents, tu marchais. Tu ne te plaignais jamais. Dans ton groupe, on ignorait ton ancienne passion pour l'eau. Tu n'en réclamais pas plus.

Tu n'avais qu'un désir : ne plus penser.

Dès notre retour à la ville, tu t'es interdit la piscine municipale. Tu n'y es pas allée une seule fois. Le lieu où tu avais dé-
fié la fatigue, l'endroit chaud et humide, aux senteurs de chlore
qui t'enivraient tant, ne te renverrait que l'absence de maman.
Léonie ne pouvait plus applaudir tes prouesses aquatiques ni
t'envelopper dans une serviette éponge en te frictionnant.
Surtout, elle ne pouvait plus être fière de sa fille, sa petite...
Ton audace s'était éteinte avec maman.

L'eau était devenue ta pire ennemie. Tu la combattais avec
acharnement, essayant de la vider de ta mémoire. Lara, ta
meilleure amie, ne fut pas l'unique victime. Sans raison apparente, sans signe avant-coureur et malgré l'attachement que tu
éprouvais, tu t'es brouillée avec elle. Elle connaissait ton talent
de fille-poisson ; cela t'a suffi à la rayer de ta vie. En quelque
sorte, tu l'imaginais témoin du dimanche d'août. Il n'en fallait
pas plus pour que tu te sépares d'elle. À l'époque, tu aurais agi
ainsi envers quiconque susceptible de percer ton secret. L'idée
que l'on sache que tu pouvais nager t'était intolérable.

Bien sûr, je ne comprenais pas à l'âge de sept ou huit ans
ton raisonnement désaccordé. Je savais seulement que tu souffrais. Plus tard, les liens ont pris forme dans mon esprit. Ils me
sont alors apparus, dévastateurs, tissés serrés, telle une toile
d'araignée qui grossit, s'étend et, sournoisement, étouffe sa
proie au point que l'anéantissement lui devient plus doux que
l'entêtement à vivre.

Mabie, tu te détruisais. Pour toi, il restait trop de traces de
la nageuse que tu avais été. Tu pensais peut-être que les gens
te pointaient du doigt, te reprochant la noyade de maman. Tu
n'en pouvais plus. Ta résistance cédait. De toute part, elle cra-
quelait. Au début de décembre, tu as exigé de papa qu'il te place
pensionnaire à la session suivante.

Pensionnaire ! Ta requête a essuyé un refus catégorique. Papa s'est emporté. Il fut intraitable : tu avais un père et il veillerait à ton éducation, affirma-t-il. Il s'occuperait de son fils et de sa fille. De son mieux, il prendrait soin de ses deux enfants, conclut-il. Tu n'as pas défendu ta cause. Inutile ! Quand papa élevait le ton, ce qu'il prononçait s'avérait définitif, et tu le savais. Désemparée, tu t'es réfugiée dans ta chambre. Je t'ai suivie, ne t'ai pas dérangée. Je t'ai simplement observée. Tu restais là, silencieuse sur la berceuse, le regard tourmenté, les mains caressantes sur la croix suspendue à ton cou. Sans cesse, tu palpais le bijou sombre et froid, l'effleurant avec ton air toujours chargé de douleur. Un geste pathétique que tu devais refaire, souvent.

Vers le milieu de l'automne, la compagne de papa s'est installée à la maison. Ils devaient se marier après le Nouvel An. L'arrivée d'Isabelle t'a choquée. Ou, plutôt, t'a affligée, j'en suis convaincu.

Tu évitais Isabelle. Tu ne supportais pas sa présence. Chaque jour, tu retardais le moment où tu devais lui adresser la parole. Tout chez elle te semblait matière à reproche : ses attitudes gauches avec les enfants et la couleur criarde de son fard à joues et son parfum trop piquant et... Isabelle ne prendrait pas la place de maman, elle ne serait jamais que la « maîtresse » de notre père, lançais-tu dans un soupir plus amer qu'emporté.

Les fins de semaine, tu te cloîtrais. Dans ta chambre, tu retrouvais ton univers d'avant, facile et rêveur, tapissé de photos de maman soulignant ses poses élégantes, ses sourires aux ébauches d'infini. Perdue dans tes réminiscences, tu te consolais, languissante, semblable à tes poupées, lesquelles ne t'inspiraient maintenant qu'indifférence. Tu ne jouais plus avec elles. Alignées sur la commode, elles garnissaient le décor, sans plus. Aucune n'avait ta préférence. Tes jouets croupissaient sous la poussière et les faux plis de leurs vêtements, dans ton désaveu le plus complet. Y compris Amanda ! La coquine Amanda ne partageait plus ton lit ni tes secrets. Tu ne la berçais plus. Juchée sur le meuble, la tête basse, les nattes pendantes, elle semblait quémander quelques miettes de ton attention. Tu ne la voyais pas. Tu te défaisais de tes habitudes.

> Un brin à gauche, un brin à droite,
> un autre au centre,
> et on recommence.
> Un brin, deux brins, trois brins,
> et la tresse danse.

Tu ne portais plus de nattes. Depuis le départ de maman, tes cheveux tombaient, indisciplinés sur tes épaules. Tu ne t'en préoccupais pas. Je gardais la nostalgie de tes torsades teintées de soleil et qui bougeaient au rythme de ta démarche. Sans doute avais-je besoin de me raccrocher à des éléments du passé, détails qui, parfois, assurent une quelconque permanence, fût-elle illusoire.

Je gardais ces pensées pour moi. Pourtant, un matin où la mélancolie me rendait plus fragile, je t'en ai parlé. Doucement, tu m'as expliqué que tu ne parviendrais pas à tresser tes cheveux sans le secours de maman, qu'elle seule en possédait le doigté. Et si je t'aidais ? Pour atténuer ma tristesse, tu as accepté.

Sans bruit, nous nous sommes installés dans la cuisine. Tu tenais les rubans et un miroir. J'ai d'abord peigné ta chevelure ; ensuite, je l'ai séparée en récitant la comptine de maman. Je m'appliquais. Tu te détendais. Et à la vue de la couette chétive issue de ma maladresse, tu as semblé amusée. Je me suis attaqué à la seconde. Avec le reste des cheveux, j'ai fait trois touffes irrégulières. Après des minutes de labeur, une torsade trop grosse, disproportionnée, s'est formée. Tu as sursauté ; la tresse a valsé autour de ton visage. Puis, ton rire a monté, un peu sourd, voilé. Tu riais avec moins de naïveté qu'autrefois, mais tu riais. J'étais rassuré.

Papa et sa compagne se sont levés plus tôt que les autres dimanches. Ils sont arrivés en se tenant par la taille. Je t'ai entendue grincer des dents, un son mal contenu, bas cependant. À moitié endormi, papa s'est approché et a déclaré que tu possédais les plus belles tresses du monde, plus magnifiques encore que celles d'Amanda. Tu ne bougeais pas, indécise entre la gêne et l'agitation. Isabelle a fait remarquer que la raie zigzaguait et qu'elle pouvait la refaire, beaucoup plus soignée. Elle allait prendre le peigne, mais ta colère l'a figée sur place. Tu lui criais de ne pas te toucher, qu'elle n'en avait pas le droit et qu'elle ne savait pas tresser les cheveux des enfants. Tu poussais des grognements blessants, désespérés.

Papa a réclamé des excuses. Tu t'es braquée. Puis, dans un élan proche de la panique, tu t'es enfuie dans ta chambre que tu as fermée à clef. Je ne pouvais plus te rejoindre. J'ai attendu, debout, devant ta porte. Vers la fin de l'avant-midi, la poignée a bougé. J'ai ouvert. Je n'aurais pas dû. Devant moi, un pantin au crâne rasé, quasiment chauve, épeurant par la blancheur de son cuir chevelu. Je te dévisageais. Je ne te reconnaissais pas. À terre, des ciseaux, tes cheveux dorés mêlés aux couettes d'Amanda. Ta poupée ! Dans un coin, sa tête déchiquetée ; à proximité, son corps éventré par de larges trous. Partout sur le plancher, du son, les entrailles d'Amanda.

Tu te tenais droite et calme, étonnamment sereine. Tu chantonnais une comptine : un brin à gauche, un brin à... Je me suis bouché les oreilles. Non, on ne recommencera pas. Il n'y a plus de brin.

J'ai peur, Mabie. Peur de moi, de ma mémoire. Comment puis-je avoir emmagasiné autant d'événements, chaque saison du passé, tes affrontements et tes peines, mes excès d'inquiétude ? Je n'étais qu'un gamin ! Pas vraiment. Sans doute étais-je déjà vieux. Le malheur vieillit les enfants.

Et nous avons vieilli très vite, différemment. Cette année-là, Noël t'a plongée dans un état de rébellion extrême. Tu t'es insurgée contre un rituel désuet. Tu n'as participé à aucune des festivités. Butée, tu as refusé tes cadeaux. Rien ne t'a apaisée, sauf le larcin des anges décorant les fenêtres. J'ignore le sort que tu as réservé aux gardiens de paille. Au fond de moi, je le sais. Tu ne peux que les avoir conservés précieusement : maman les avait confectionnés avec tant de plaisir.

Tu appréhendais le Nouvel An. Et la suite qui est arrivée, hélas ! trop rapidement.

La cérémonie du remariage de notre père, tu ne l'as pas vue. Ni voulu que je te la raconte. Pendant tout le jour, tu t'es terrée dans l'attente que le temps s'écoule, que la douleur s'atténue. Les heures se sont égrenées, pas ta souffrance. Papa ne t'a pas obligée à assister à la fête ; néanmoins, il m'a interdit de te porter de la nourriture. Le soir, à la dérobée, je t'ai préparé une collation. Tu l'as repoussée. Dans un angle de ta chambre, accroupie sur le sol et enserrant tes genoux, tu gémissais, brisée par un mal inhumain. L'éclairage jaunâtre de la veilleuse rendait la scène si troublante, si lourde à supporter, que j'ai fermé les yeux.

Ce moment-là, je voudrais le rayer de mon enfance, lui et plusieurs autres, lui et une matinée du même hiver, faussement prometteuse.

Depuis le mariage, l'atmosphère avait pris des allures de guerre. Tu rejetais ouvertement Isabelle. Dressée devant elle, cassante, tu l'appelais « Madame », un mot prononcé avec mépris, du bout des lèvres, en détachant dédaigneusement les syllabes. Chaque fois, tu la blessais ; je le remarquais à son malaise, à ses bras ballants. Encouragée par ton effet, tu reprenais ton manège.

Il en fut autrement un matin de neige folle. Tout le blanc floconneux pendu au décor t'émerveillait. Volubile, tu tournais autour d'Isabelle, tu la questionnais sur ses goûts, sur ses projets, sur... je ne sais plus quoi. Ta voix ne transportait plus l'amertume du ressentiment. Papa a déjeuné avec la lenteur d'un homme heureux, étirant les instants de paix. Puis, il est parti travailler, rassuré par ta métamorphose. Il ignorait tes ruses, ta rancœur de pierre.

Isabelle est restée longtemps à table. Elle t'a offert ton premier café, et tu as pensé accéder au monde des grands. Je t'épiais. Tu te faisais presque câline. Elle, elle te regardait, attendrie, prête à t'accorder n'importe quelle faveur. Je ne bougeais pas, incertain de la suite. Tu as pris sa main, tu l'as touchée si tendrement que j'ai cru que tu l'embrasserais. Je m'égarais ; tu t'es exclamée sur la beauté de son alliance. Plus émue qu'orgueilleuse de ton compliment, Isabelle l'a retirée de son doigt et l'a passée au tien. Tes yeux ont brillé d'un éclat malicieux. Sans crier gare, d'un bond, tu t'es levée et tu as couru vers les toilettes. J'ai essayé de te rattraper. Trop tard ! L'eau coulait dans la cuvette, entraînant dans son tourbillon l'anneau d'or. Tu as ricané. À moins que ce ne fût un sanglot étouffé que j'ai entendu.

Tu fus sévèrement punie. Tu n'as pas bronché. Je suffoquais. Les dégâts de ton aversion me causaient des vertiges, des morsures à l'estomac, signes précurseurs de l'angoisse que je reconnaissais de plus en plus facilement.

Je suis une vilaine fille, déclarais-tu quand le remords t'accablait. Tu te trompais. Petite, tu n'étais pas méchante. Tu l'es devenue après la mort de maman. Un autre événement s'est bloqué dans mes pensées. À la moindre inattention, il me revient, et je ressens alors la même impuissance que la première fois, le même déchirement.

Douze ans ! Oui, pas plus. Tu devais avoir douze ans. Malgré ta charge de haine, tu n'étais qu'une gamine. Mars finissait. Je ne peux me méprendre : le soleil ramollissait notre forteresse. Tu adorais jouer dans la neige, y construire des abris pour les heures de cafard. Je te servais d'apprenti et, ce jour-là, j'éprouvais une immense fierté devant notre construction vaguement moyenâgeuse. Blindée d'une mince couche de glace, étincelante dans la lumière de midi, elle paraissait de verre. Nous l'admirions. Soudain, tu m'as demandé d'aller avec toi à l'intérieur. Je ne supportais pas les espaces réduits, mais je ne voulais pas que tu me quittes. Je m'agrippais à ton écharpe ; tu l'as dénouée, tu as disparu. Je t'appelais ; pas de réponse. Je t'imaginais endormie sur le sol gelé. Je ne savais que faire. Le sort m'a devancé. D'un coup, le fort s'est écroulé. Un amas de neige te recouvrait, toi, la plus que belle. La panique. Je pleurais, incapable d'autre chose. Alerté par mes cris, papa a accouru, t'a dégagée rapidement. Il t'a serrée contre lui, t'a embrassée à plusieurs reprises. Toi, pourtant pâle, encore hébétée, tu as trouvé la force de lancer : « Tu aurais dû me laisser mourir comme tu l'as fait pour maman. » Papa n'a eu aucune réplique. Il a ramassé ton écharpe de laine et s'est attardé dehors.

Ton rire ne montait plus au long des semaines. Tu ne savais plus jouer. Je l'ai désappris également.

Souvent, en fin d'après-midi, tu allais au cimetière. Je t'accompagnais. Tu me donnais la main et, ensemble, nous franchissions la grande grille qui, chaque fois, crissait. La plainte du métal s'étirait, puis retombait sur le lieu de l'oubli. À pas lents, nous nous engagions dans l'allée centrale. Bordée d'arbres, celle-ci s'offrait, semblable à un long couloir que nous empruntions jusqu'au bout, jusqu'à la croix de granit. Là, nous tournions à droite, en direction du tombeau des Varin. Maman ! Intacte sous la terre, merveilleuse dans notre souvenir. Vers elle, nos prières s'élevaient, à peine audibles, plus tristes que suppliantes. La brunante nous surprenait. Elle ternissait le jour, t'arrachait des mots que je ne voulais pas entendre : « Nous n'avons plus de mère, ni de père. » Au milieu des bruits amortis et des ombres grandissantes, nous repartions, sachant que le lendemain ou plus tard, nous retrouverions maman.

Chaque année, début juin, tu portais des lilas à maman, fleurissant sa tombe du parfum d'autrefois. Tu l'as fait, l'as refait jusqu'au printemps où tu nous as quittés. Seulement, avant que tu ne partes de notre ville, plusieurs saisons se sont éteintes.

Tu t'es d'abord éloignée de la maison ; je ne me rappelle plus ton prétexte. Quelques mois après, tu as entamé des études en histoire de l'art pendant lesquelles tu as rencontré Christophe. Tu me l'as présenté. Il est devenu mon meilleur ami, ton amant. Très vite, il t'a proposé de vivre avec lui ; d'un ton résolu, tu as accepté.

Tu adorais Christophe. L'appelais ton chéri. Tu l'aimais au-delà de l'amour, dans la nécessité de croire en quelqu'un. Lorsqu'il s'absentait, tu luttais contre le vide. Tu t'agitais, te sentant inutile, égarée. Tu le voulais là, à proximité. Et s'il tardait à rentrer, tu paniquais. Tu craignais qu'il ne revienne plus, me confias-tu. Pendant des heures, je t'écoutais. Tu me détaillais ton enchantement, mais, surtout, ta crainte que Christophe ne t'abandonne. Toujours, la peur de le perdre te venait. Tu ne vivais plus qu'avec cette chose menaçante, tapie au fond du ventre, tel un mal obscur qui irradie dans tout le corps.

Ta liaison avec Christophe a duré près d'une décennie.

Un soir de printemps, tu m'as téléphoné, plus détendue. J'attendais que tu parles. Tu as simplement dit : « Je pars. Je quitte Christophe. Je n'aurai plus à craindre qu'il le fasse. »

Tu approchais de ton trentième anniversaire. La peur d'être abandonnée t'abîmait. De nouveau, elle te tuait.

Tu t'es enfuie loin, ici, à Lac-aux-Sables. Tu as acheté la maison sur la falaise avec une vue imprenable sur l'eau. Que cherchais-tu vraiment, Mabie ? Ou, qui espérais-tu y retrouver ? Je me le demande. Je m'en doute.

Nous n'avions jamais été séparés, du moins pas par une grande distance. Tu m'as offert d'emménager chez toi. Je ne pouvais laisser la librairie : les livres représentent la seule tanière où l'angoisse m'oublie. Tu l'as compris aisément. Et nous avons entrepris une correspondance soutenue. Dans le désordre le plus complet, tu me relatais ton nouvel emploi au journal de Bermont, tes sorties, le menu d'un déjeuner du dimanche pour en revenir ensuite à tes entrevues pour le travail. Dans une lettre, tu pouvais me décrire la couleur du froid ou de la misère humaine, le dédale de quelques sentiers aussi bien que tes amours, des échecs, soulignais-tu d'un feutre rouge. Tu m'as raconté ton quotidien sur des mètres et des mètres de papier, sauf la fin de ta liaison avec la Japonaise. Tu m'avais détaillé vos onze mois et demi de bonheur, mais tu ne m'as pas révélé les motifs de votre rupture. Tu m'as juste écrit : « Yukiko est partie. » J'ai pensé que tu l'avais éloignée de ta vie. Un tel comportement te ressemblerait tellement !

Puis, un jour, tu m'as envoyé une longue lettre dans laquelle tu n'as abordé qu'un sujet : un dénommé Jérôme. Des pages et des pages sur lui, plusieurs, et toutes remplies de paroles émouvantes. Cet être, il t'aimait, m'écrivais-tu. Jérôme ne te voulait pas différente de celle que tu étais. Je te lisais avec attention, imaginant l'homme qui te rendrait heureuse. Sur ta dernière feuille, tu avais tracé son nom en gros caractères séparés les uns des autres. Un J-É-R-Ô-M-E que je t'entendais m'épeler de ta voix d'avant, claire et enjouée.

Par la suite, ton courrier n'avait de mots que pour Jérôme. Tu ne finissais plus de me le raconter, lui et votre histoire que tu voulais sans fin. Tu aimais. Tu l'aimais.

Et tu l'aimes encore, mais tu veux le quitter !

Cette pensée me sort de mes souvenirs. Ou elle m'y enfonce ? Le passé et le présent sont si proches, si dépendants l'un de l'autre.

Donne-toi du temps, Mabie, avant d'arrêter ta décision. L'automne n'est pas ta saison. Et qu'importe la façon, ne répète pas ce que maman a fait : n'abandonne pas ceux qui tiennent à toi. Tu changerais de ville puis, à la prochaine rupture, de pays ? Ensuite ? Jusqu'où fuiras-tu ?

Voilà que je me dresse sur mon siège. Pour la deuxième fois depuis mon arrivée, je m'impatiente. Qu'est-ce qui me prend ? Ça ne me ressemble pas. Mes cigarettes ! Où ai-je mis mes cigarettes ? Où donc ?

J'attends, je ne sais quoi. Plus aucun bruit ne trouble le début de la soirée. L'Auberge du Lilas s'engourdit dans l'heure creuse d'avant le dîner. Je marche vers la fenêtre, pesant, désœuvré. À travers le store à moitié fermé, je vois le dehors, le soir qui s'installe. Lentement, le soleil s'affaisse vers le lac, vers l'épaisseur froide de l'eau. Il descend. Il glisse vers son reflet. Le bas de l'horizon flambe. Des orangés le colorent. Le soleil baisse un peu plus encore. Puis, il disparaît, ne laissant de son passage que le souvenir du jour révolu, comme au chalet, autrefois.

La brunante tombe rapidement. Déjà, je discerne mal le lac, les abords de l'auberge. Le gris se répand. Les lampadaires ne tarderont pas à s'allumer. Pour le moment, je distingue à peine la femme qui arpente l'allée. Elle avance à la manière des

Asiatiques, à petits pas étroits et nerveux. C'est tout ce que je saisis d'elle, sa façon de se mouvoir et sa manie de regarder sans cesse sa montre.

Je tue le temps ! C'est assez ! Je t'appelle. Ma vie entière, tu n'as cessé de me préserver du moindre danger. Aujourd'hui, c'est à mon tour d'agir ainsi. Je dois te protéger contre toi-même. Oui, Mabie, j'ai à te parler. Vite, le téléphone. Tiens, le téléjournal est commencé. Machinalement, je monte le volume du téléviseur. L'animateur rend compte de l'incendie d'une résidence pour personnes âgées. Je l'écoute distraitement. Je compose ton numéro. Ton répondeur se met en fonction. J'entends ta voix, pleine et chaude, celle des jours calmes. Je veux te laisser un message. Tu achèves le tien. Je jette un œil à la suite des informations. L'homme enchaîne avec une autre nouvelle, une noyade. Malgré moi, je sursaute ; la peur de ce mot ne m'a jamais quitté depuis la mort de maman. Au bout du fil, tu prononces une dernière phrase, puis un timbre sonore suit. L'animateur mentionne ta localité, Lac-aux-Sables. Je porte attention. Il dit que la journaliste Gabrielle Varin... Quoi ? Ton nom ! De toute évidence, il se trompe. Je répète ses paroles pour m'en défaire : « ...*Gabrielle Varin retrouvée dans le lac hier soir repose toujours aux soins intensifs de l'hôpital Saint-Louis.* » Il fait erreur ! Je tremble, pris par l'angoisse. Il poursuit d'un ton monocorde : « *Les médecins ne peuvent pas se prononcer sur les chances de survie de la patiente, car...* » L'hôpital... Toi ! L'eau... Je deviens fou ! Les murs bougent, se rapprochent, vont m'écraser. Je... Mabie, décroche le combiné. Réponds. Je t'en supplie, ça ne peut pas être toi, réponds-moi, Mabie. Mabie...

Épilogue

*Il faut que je m'éloigne
de tout ce que j'ai été,
car tout ce que j'ai été
représente pour moi un
danger de mort immédiat.*

Fritz ZORN.

Le 9 octobre, au commencement de la soirée

Au soleil couchant, il y a une vingtaine de minutes, l'édifice flamboyait sous une explosion d'orangés. Maintenant, seuls des réflecteurs éclairent l'hôpital Saint-Louis. Les pierres de la façade se détachent, lisses et nues, sur ce fond lumineux.

Malgré un temps superbe pour la saison, personne ne flâne dans le parc. Les bancs de fer forgé ressemblent à des ombres plantées au milieu du silence. Partout, le calme. À peine un bruissement dans les arbres. Le vent les agite mollement. Des feuilles tombent et tapissent l'allée de teintes plus ou moins claires, pendant que les abords du parc, eux, se perdent dans des gris imprécis.

À l'intérieur de l'hôpital, n'existent ni jour ni nuit. Les néons projettent une clarté crayeuse qui annule les repères du dehors. Les longs corridors se confondent, identiques, et leurs planchers de linoléum brillent d'une propreté aseptisée.

Au troisième étage, dans l'aile gauche, un homme referme derrière lui la porte de l'unité des soins intensifs. Il se dirige vers la salle d'attente, l'air consterné, une main crispée sur un morceau de papier. Il arrive de la chambre de Gabrielle Varin. Lorsqu'il se trouvait avec elle, à un moment, il a cru apercevoir l'ébauche d'un sourire, et il a pensé que sa femme dormait, rêvait. Jérôme Collard en a été tellement ému qu'il l'a embrassée, puis il a déposé sous son oreiller la cassette enregistrée la veille. Une bande remplie d'elle, de ses poses souveraines, de ses fragilités et de ses moues de déception, également de son amour à lui. Ainsi, si Gabrielle se réveillait, elle le sentirait là, tout près. Mais Jérôme n'avait pas fini de replacer l'oreiller que l'impression d'un plissement des lèvres avait disparu. Depuis, le vide. Aucun signe de vie. Pas même un battement des cils. Rien. Le coma.

Jérôme ne voulait pas croire qu'il l'avait inventé, ce sourire. Il s'est attardé auprès de Gabrielle, a remonté ses couvertures, dégagé son front de sa frange. Ensuite, il a placé différemment la brosse à cheveux de son épouse, son parfum et quelques babioles sur la commode. Ces objets, il les avait apportés dans l'après-midi ; Rosalie le lui avait conseillé. Sa sœur disait que l'atmosphère qui entoure un malade devait lui être douce, familière ; l'effet en serait bénéfique, avait-elle ajouté. Jérôme s'était raccroché à cette idée. De plus, il avait pensé qu'en revenant du lac, il pourrait s'arrêter à l'auberge afin de rencontrer le sauveteur de Gabrielle. Il s'était alors rendu à la maison de la falaise où il avait d'abord pris les messages au répondeur. L'un d'eux l'avait troublé, bref, mais dicté sur un ton visiblement retenu ; il s'adressait à sa femme. Yukiko Kita confirmait sa présence à leur rendez-vous, sans donner de détails. Jérôme avait voulu inscrire le renseignement sur le calepin près du téléphone. Une note de Gabrielle s'y trouvait déjà. L'homme l'a lue. S'est effondré, le souffle court. Il n'a plus songé au dénommé Naugier ni à la Japonaise. L'univers entier n'avait plus d'importance.

Il marche dans la salle d'attente, incapable d'immobilité. Il arpente la pièce, défroisse le bout de papier, le regarde, tourmenté. Jérôme reconnaît l'écriture de sa femme : des lettres fortement inclinées qui semblent courir sur la feuille. Il s'agit bien aussi de ses phrases à elle, toujours laconiques. Sans compter sa signature, nette en dépit des caractères minuscules. Néanmoins, Jérôme ne retrouve pas Gabrielle. Et les mots, trop catégoriques, il les refuse. Les relit pourtant.

Octobre, le 8.

Jérôme.

J'ai réfléchi. Je ne te quitterai jamais.

Je ne le peux pas. Je t'aime. Mais le passé m'étouffe.

Ma main tremble. J'ai bu un peu. J'ai bu. De l'alcool pour trouver le courage d'aller sur le lac, seule. D'en revenir, libérée. Je dois apprivoiser l'eau. Ou, plutôt, la vaincre, elle et mes souvenirs. Je ne pourrai être ta femme qu'à ce prix.

Tu ne trouveras pas mon billet. Je l'aurai détruit avant ton retour, je te le promets.

Gabrielle.

Des sanglots nouent sa gorge. Il n'a pas su comprendre pour l'eau. Il pensait à un caprice.

– Je n'aurais pas dû te laisser à longueur de semaine, ma chérie. Je ne le ferai plus.

Il tourne en rond. Ne se contient plus. Il s'épuise à force de remords. Son visage s'embrume un peu plus. Jérôme manque d'air. D'espace. Voilà qu'il emprunte un escalier. Le descend d'un pas pesant, mal assuré.

De la cafétéria montent des murmures et, plus perçant, le choc des ustensiles. Quelques chaises poussées négligemment grincent. Des gens se pressent vers la sortie ; d'autres, encombrés d'un plateau, cherchent une place. Un mouvement de va-et-vient occupe les lieux.

Jérôme Collard s'est assis en retrait. Il boit un café, scrute la nuit par la fenêtre.

À la table d'à côté, près du mur, une femme jeune et assez jolie ne parvient guère à manger. Elle dépose sa fourchette, écarte son assiette. D'un geste plus nerveux qu'impatient, elle roule le napperon de papier pour le dérouler aussitôt. Depuis des heures, cette femme erre dans l'hôpital. Elle va de la cafétéria au parc, puis se rend à la salle adjacente aux soins intensifs. Là, blottie sur la banquette, elle ne parle à personne. Elle n'est entrée dans aucune chambre non plus, comme si ce n'était pas de mise. Elle attend, c'est tout.

À présent, elle s'appuie contre le dossier. Des images se dessinent dans ses yeux. Des souvenirs qu'elle revit, ici, sur-le-champ. Gabrielle lui demande de lire. Et à la fin de l'histoire, elle s'exclame : « Quel bonheur de t'écouter, Marie ! Ta voix de rossignol ! » Puis, de la chambre 29, son verre à la main, Gabrielle contemple le coucher du soleil sur le lac.

Un sourire lui vient ; Marie se détend. La fossette à son menton se creuse. Oui, c'est décidé, elle portera à Gabrielle son conte préféré dès qu'on le lui permettra. Elle n'a donc plus qu'à le transcrire, du moins les passages que Gabrielle aime le plus entendre. Marie s'y met à l'instant. Elle sort un stylo, rapproche le napperon et, dans un élan chargé de tendresse, entreprend de noircir le papier dentelé. Elle écrit de mémoire. N'hésite d'aucune manière. Les mots se succèdent, très précis. Un début de phrase se forme : « Bien loin dans la mer, l'eau est bleue comme les feuilles des bleuets, pure... » Un paragraphe s'organise. Puis, un autre : « C'est là que demeure le peuple de la mer. Mais n'allez pas croire que... » Marie rature une expression, la remplace par un terme plus adéquat. Elle continue le récit ; il est question d'une petite sirène, d'un jeune prince qu'elle sauve de la noyade. De nouveau, elle bute sur un extrait, le reprend différemment. Elle retrouve son rythme. Chantonne en sourdine.

Marie ne se préoccupe ni du temps ni des odeurs de cuisine. Elle poursuit sa folle entreprise sans entendre le bourdonnement autour d'elle, sans voir l'homme à la table voisine qui fixe toujours le dehors. L'espoir les tient, tous les deux. Seulement, ils ne savent pas qu'au troisième étage, à l'unité des soins intensifs, dans le coma depuis plus de vingt-quatre heures et sans avoir repris conscience, Gabrielle Varin vient de mourir. Ils ne le savent pas encore.

Romans parus à L'instant même :

La complainte d'Alexis-le-trotteur de Pierre Yergeau
L'homme à qui il poussait des bouches de Jean-Jacques Pelletier
Les étranges et édifiantes aventures d'un oniromane de Louis Hamelin
Septembre en mire de Yves Hughes
Suspension de Jean Pelchat
L'attachement de Pierre Ouellet
1999 de Pierre Yergeau
Le Rédempteur de Douglas Glover (traduit de l'anglais par Daniel Poliquin)
Un jour, ce sera l'aube de Vincent Engel (en coédition avec Labor)
Raphael et Lætitia de Vincent Engel (en coédition avec Alfil)
Les cahiers d'Isabelle Forest de Sylvie Chaput
Le chemin du retour de Roland Bourneuf
L'écrivain public de Pierre Yergeau
Légende dorée de Pierre Ouellet
Un mariage à trois de Alain Cavenne
Ballade sous la pluie de Pierre Yergeau
Promenades de Sylvie Chaput
La vie oubliée de Baptiste Morgan (en coédition avec Quorum)
La longue portée de Serge Lamothe
La matamata de France Ducasse
Les derniers jours de Noah Eisenbaum de Andrée A. Michaud
Ma mère et Gainsbourg de Diane-Monique Daviau
La cour intérieure de Christiane Lahaie
Les Inventés de Jean Pierre Girard
La tierce personne de Serge Lamothe
L'amour impuni de Claire Martin
Oubliez Adam Weinberger de Vincent Engel
Still : tirs groupés de Pierre Ouellet

Extrait du catalogue de nouvelles :

La machine à broyer les petites filles de Tonino Benacquista
  (en coédition avec Rivages)
Détails de Claudine Potvin
La déconvenue de Louise Cotnoir
Visa pour le réel de Bertrand Bergeron
Meurtres à Québec, collectif
Légendes en attente de Vincent Engel
Nouvelles mexicaines d'aujourd'hui (traduit de l'espagnol et présenté
  par Louis Jolicœur)
L'année nouvelle, recueil collectif
  (en coédition avec Canevas, Les Éperonniers et Phi)
Léchées, timbrées de Jean Pierre Girard
La vie passe comme une étoile filante : faites un vœu
  de Diane-Monique Daviau
L'œil de verre de Sylvie Massicotte
Chronique des veilleurs de Roland Bourneuf
Gueules d'orage de Jean-Pierre Cannet et Ralph Louzon
  (en coédition avec Marval)
Courants dangereux de Hugues Corriveau
*Le récit de voyage en Nouvelle-France de l'abbé peintre Hugues
  Pommier* de Douglas Glover (traduit de l'anglais par Daniel Poliquin)
L'attrait de Pierre Ouellet
Cet héritage au goût de sel de Alistair MacLeod (traduit de l'anglais
  par Florence Bernard)
L'alcool froid de Danielle Dussault
Ce qu'il faut de vérité de Guy Cloutier
Saisir l'absence de Louis Jolicœur
Récits de Médilhault de Anne Legault
Аэлита / Aélita de Olga Boutenko (édition bilingue russe-français)
La vie malgré tout de Vincent Engel
Théâtre de revenants de Steven Heighton (traduit de l'anglais par
  Christine Klein-Lataud)
N'arrêtez pas la musique ! de Michel Dufour
Et autres histoires d'amour... de Suzanne Lantagne

ACHEVÉ D'IMPRIMER
EN AOÛT 2000
SUR LES PRESSES DE AGMV-MARQUIS
MONTMAGNY, CANADA